바람이 와서 몸이 되다

바람이 와서 몸이 되다

몸이 되다

고 형 렬
시 선 집
정과리 엮음

창비
Changbi Publishers

일러두기

1. 시의 배열은 수록된 시집의 간행순으로 하되, 각 부 내에서 일부 순
   서를 조정하였다.
2. 현행 맞춤법에 준해 교정교열하였으며, 발표 당시 한자로만 쓰인
   단어는 괄호 안에 병기했다.

차례

일러두기 •004

제1부

노을 •012

장자莊子 •014

1980년대에 살았는가 •017

벽돌공장 •020

백두산 안 간다 •022

도리깨춤을 추면서 •024

어머니 친구들 •027

서울 1 •030

대청봉大青峯 수박밭 •032

아프레 걸 •036

속초 •038

처용이 동해 •040

해청海青 •042

야동리 어린 모 •044

거진 생각 •046

마포 노을 보며 •048

경험 •050

십자드라이버 •052

다도해 •054

금호동 백야白夜 •056

차의 칼날 •059

79년도 •060

벌판에 와서 •062

난지도 겨울 •064

제2부

사진리 대설大雪 •068

우수 •070

산딸기 •071

안 보이는 시 •072

모자母子 •074

황지1동을 •076

바람의 신선 •078

아이 •080

달맞이꽃 •081

화곡리 봄에 •084

강원도 백로밤 •086

북北설악 •088

미역줄거리 •090

사진리 •092

옛 여자 •094

김상철 죽음 •096

미시령 아래 집 •098

눈망울 •100

마당식사 •101

목비행기 •104

정릉4동 세월 •106

용포동 여름 •108

제3부

리틀보이 제1장 •112

여치 •145

산비둘기 •146

영랑永郎 호수 •147

내린천에 띄우는 편지 •148

성에꽃 눈부처 •149

바쁨 속에 가을 하늘을 쳐다보다 •150

정자가 사람이 될 수 있는가 •151

어둠속의 풍악호 •152

중 •154

광양제철소 •155

작은 칼 •158

청제비 울음소리 •159

하류下流의 시 •160

나웅 •162

꽃이 올라오는 나이테 •163

다시 비선대 •164

4월 •166

흰 모래의 잠 •168

도문圖們의 쥐 •170

달개비들의 여름 청각 •172

육체의 시뮬레이션 •174

가재 •176

나방과 먼지의 시 •178

나는 에르덴조 사원에 없다 •180

너와 나의 밑바닥의 밑에서 •182

조금 비켜주시지 않겠습니까 •184

검은 백설악에 다가서다 •186

제4부

붕鵬새 서분序分 •190

붕鵬새 태허에 들다 •191

별 •196

지구, 한 컵의 물 •197

눈 오는 산수병풍 •198

또 한번의 밑바닥의 밑바닥에서 •199

한켤레 구두 •200

손의 존재 •202

유리체를 통과하다 •203

비가 그치다 •204

알아들을 수 없는 울음소리가 • 206

풍찬노숙 • 208

세한목歲寒木 • 210

대기권 밖에서 고구마 먹기 • 212

강설이 시작되는 유리창 속에 • 214

구름 얼음을 깨는 남南 시인 • 216

평면의 지옥 • 218

제5부

풀과 아파트 • 220

해니骸泥여 어디 있는가 • 221

찾아오지 않는 거울이다 • 222

황무지 모래톱 • 224

덩굴손 잔잎 좀 보세요 • 226

장미처럼 발화하는 것 같다 • 227

로봇 사이버나이프 다빈치의 고백 • 228

지구의 노숙자, 하늘 시인 • 230

소켓과 기억 • 233

해가 지는 고형렬 땅콩밭 • 236

눈물의 종種이라는 것 • 237

사북舍北에 나갔다 오다 • 238

비선대와 냉면 먹고 가는 산문시 1 • 241

북천은 너무 오래되었기 때문에 • 244

외설악 • 246

스티코푸스과의 해삼 •248

둥그런 사과 •250

그 여자 기억상실 속에서 •252

아직도 생각하는 사람에 대한 착각 •254

서울 사는 K시인에게 •256

해설 | 정과리 •259

시인의 말 •293

연보 •297

작품 출전 •303

엮은이 소개 •307

제1부

노을

수두를 앓던 아이가 혼자
장작더미 옆에 앉아
굴 껍질을 만지며,
옛 아산만 개펄을 생각한다.

아이는 황토물처럼 번지고
아이는 그 아래
돌아갈 수 없는 바다,

타다 남은 조개섬을 향해
수없이 손을 흔든다.

어둠은 내리고
어디서 옛 어른들의
기침 소리가 들려오고 있다.
섬 사이사이 등불이 켜진다.

어머니 갯논으로

바다가 올 때,
산이 섬이 되어 새가 운다.

따라 울 수 없는
울음을 운다.

장자(莊子)

바다 속에는 화채봉(華彩峯)이 있다.

바다를 들면 같이 늙어가는 소년을 만난다. 비가 오다가 금색 노을이 가득한 화채봉, 밀랍(蜜蠟) 향기 아득히 해가 진다.

바다 속에는 해가 지는 집이 있다.

산호숲을 지나서 어머님 고운 관(棺)의 물결무늬 그리는 그곳에도 파도치는 아침, 고향이 있다.

바람을 따라 너의 마음을 풀어줄 수 있다면 서쪽으로 가거라.

선정사(禪定寺) 곱게 단청(丹靑) 날고 단풍 지는 가을로 5·60년 떠나면, 같은 세월이 날아갈 듯 흐른다.

그 몸에도 마음이 있어서 숨을 헤쳐내는 전생의 아침 하늘에서, 날아가는 새가 울고 싶다.

섬기린초(麒麟草) 피는 설악산 미명(未明)이 흐르는 입구,

두번째 노란 꽃잎 밑으로 돌아오면, 흰 제비옥잠(玉簪) 지는 길에서 만나는 바다가 출렁인다.

줄을 당기며 당기며 어머님 음곡(陰谷)으로

몸부림치던 소년, 세상에 몸 버리지, 선홍빛 해와 달 넘

기지.

　낚시에 걸린 새들이 절망하는 꿈의 해변

　눈치챈 누가 밤자갈을 밟으며 꿈 밖에서 돌고 있다.

　멀리서 깜박거리는 나의 생가(生家), 영마루 이른 새벽 이
슬 젖어 그 호롱불 책상에 졸고 있는데,

　어머님이 산에서 나를 불렀다.

　지금까지 달고 다닌 탯줄을 끊어버리고, 개울에서

　혼자 피 흘리며 아픈 길을 묶을 때,

　솔쟁이꽃 환한 연봉(連峰)으로 달은 지고

　꽃창포(菖蒲) 터진 아침 물결로 흘러가고

　떠나던 서산(西山) 어깨로 노을이 피어오른다.

　어머님, 저는 이제 바다 속에 살고 있는 나를 그리워하며
철썩이는 해안에서 시달립니다.

　영원히 타고 있을 까만 화채봉,

　말라붙은 나의 배꼽을 만지면

　내 어머님도 어디선가 흙이 되어 있으리.

　나를 다시 잉태하여달라고 아주 착하게 장자(莊子)는 그
때부터 울고 있었다.

해 떨어지던 천공(天空)의 산 앞에

바람 소리 들리던

집만 비어 있고.

1980년대에 살았는가

1980년대에 살았는가.

무엇을 하며 어디서 누구를 만나고 헤어져 살았는가.

아직 푸른 오리나무 울타리를, 바람 불면 또 우는 담벼락을 걸으며 1980년대

무엇을 하며 어디로 가는

떠돌 일도 없이 떠돌아다녔는가.

무엇을 찾으며 겨운 노래를 입에 물고,

나의 생각은 마음을 못 잡고, 구름의 번민과 환상과 미래로

질척이며 산기슭, 그리고 바닷가 사이 뜨겁던 모래땅과 산속에 몸부림하던 회리바람 소리와

뒷날의 불볕이 날던 숲과 하늘과 골목에서

그러한 세월과 시절을 보냈는가.

50년대와 80년대, 그 밖에서 들려오는 찬물과 시간,

나는 쇠붙이가 묻히고 갯메꽃이 차게 핀 바다의 모랫살을 돌아

올 것인가. 작은 손목을 놓치고 찔레나무 앞에서 울음을 삼키는지

내가 알 것인가.

한 닥*의 마른 그물을 메고 바다 앞에서 떠돈 일이 있듯이
어떻게 살지를 몰라서,
내가 덜 삭은 꽃술에 취해 가지에 등불을 달고
스스로 내면의 여울목을 쑤신 일과
나의 전 추억은 사실인가.
그러면 나는 무엇이 되는 건가, 무엇이 나며 나는 누구의
아들로 태어나 누구의 집에서 살았는가.
디딜방앗간 지붕 밑에서 보이던 골목 속의 바다
번쩍이던 물빛에 놀라던 봉당
우리는 살아 있었는가.
삽시간에 사라질 30년의 가시나무와 신기루의 마을이여
신비를 비워놓은 종선 한척이 끌려가던 오후는 몇년도
이며
나는 그때 누구로 있었는가.
금빛 찬란한 해면 속에 사라지던 배와 광대뼈가 튄 사람
들 놓치고
손으로 얼굴을 가리던,
나는 그때 누구의 아이였나.

저고리를 입은 너의 이름을 그때 뭐라고 불렀는가.

또 어떤 이름의 마을 속에서 컸는가, 나는

어떻게 말을 배우다가 이사를 갔는가.

해가 산으로 떨어지던 초겨울

나를 허리춤에 묶던 나무여, 연어가 머리를 내밀던 바다

앞, 덩굴이 덮인 산 밑 나의 집을 지나서

어두워지던 아침, 파랑에 쫓겨

나는 어디서 살아가고 있을까.

아니면 나만이 이 땅에 없는 것인가.

산과 마을과 바다와 섬과 수목과 그 모든 사상에 부는 바

람, 오고 있는 서릴, 무섭게 뜬 달이여

빛과 별이 도는 땅이여, 나는

탄생과 죽음 사이 너무 밝은 꿈이여, 나는, 목숨에 닿는

광선이여,

* 보자기에 싼 그물 한덩이의 단위를 말하며 그물의 길이는 수십 미
  터에 이른다.

벽돌공장

벽돌을 찍는다. 바다가 보이는 벽돌공장에서
수만장 무위(無爲)의 벽돌을 찍는다.
해와 뜨는 갈매기를 바다에 날게 하고
부서질 것 같은 나의 손과 이념은
딱딱한 벽돌을 생산한다.

손은 벽돌을 쌓는다. 이미 소유한 영원을 버려두고 신 없
는 저 하늘 밑에서
처절하고 외로운 나는, 푸른 바람과 바다와
또 살고 싶다. 쇳소리 들리는 모래밭에서
다시 벽돌을 찍는다. 삽날을 찔러놓고 그들과
술잔을 나누며 바다를 강이라 불러봤지만
나는 부질없는 일임을 알고 있다.
망상을 버린다.

벽돌을 올린다. 벽돌 위에, 눈물 도는 바다여 내 마음은
어떻게 비칠 수 없는 무(無)의 집이 필요한가.
죽음이 오지 않는 해역(海域)에 살면서 끝내

나는 찍는다. 벽돌공장에

내가 보이지 않을 때까지 생(生)이란 짧은 것이 아니라

긴 것이 아니다.

백두산 안 간다

원산에서 어물점을 차리고 있는 매제가
오는 가을엔 백두산 가자고
금년 경칩 날 새벽같이 전화를 했었는데
지난 말복(末伏) 한밤중에 전화가 또 왔다
백두산은 가을이 좋다고
그전엔 나 자신이 참으로 그랬다
만사를 버리고 가겠다 했지만
지금은 사업이 바빠 못 가겠다, 그렇게 잘라서 말했다
피서 철에 돈벌이가 좋았는지
그래서 함경도 아바이를 닮아가는지 목소리가 좀 들떠
들렸는데
제대로 미치어간다는 생각이 들었다
참 원 없는 세상이 되었다
속으로 이듬해나 가지 하면서
다른 사람이나 알아보라면서 그 사람 인간성을 생각해
봤다
또 평양에서 오늘 아침, 포목점을 하는 숙부도 백두산 가
자고

서울 조카에게 장거리전화를 걸었다
해주를 가는 길에 역에서 건단다
그러면서 시간이 나면, 일이 빨리 끝나게 되면
서울에 들르겠다 하는데
내가 거길 가느니 속초나 갔다 오겠다고
일본 영국 미국을 생각하며
난생처음 코웃음을 쳤다
이젠 언제 가면 못 갈까
그러면서 두 양반이, 호랑이 담배 먹던 80년대를,
올챙이 적 운운하면서 들먹일 것 같은데
(이건 무슨 똥배짱에 개꿈이냐고,)
그러면 섭섭기가 한정이 없을 것 같았다

도리깨춤을 추면서

불티가 튀는 마당에서 고려장감인 늙은이가

도리깨춤을 추면서 핏발 선 눈을 굴리며 나를 훔쳐보고
있었다

내 수치를 이겨가며 돌아보면 억센 뼈와 심줄뿐인 팔로

그는 도리깨질에 열중하고 있었다

이렇게 백년이 흘러버린 어느 날

잠시 허리를 편 아버지는 동백숲 먼 구름 피는 하늘을,

무엇이 잡히고 생각나는 것이 있는지 주춤하는 것을 보
았다

무엇이 떠오르는 그의 마른 눈 속

울고 싶어도 울 수는 없는 걸까, 이렇게 불안한 도리깨질
을 하면서도

그에겐 또다른 무엇을 위해

바친 내면의 일생이 있는 것일까

어려서부터 도리깨춤을 배워온 나도

같은 갈증 속에서 '시(詩)'라고 써왔지만,

아버지는 바람꽃과 흙구름과 멀리 마을 기슭에 움직이는
소녀들을 가리키며

승화(昇華)를 바라는 모든 것들은 전부가 외로운 것이라고

폭염 속에 쉰 목소리, 한땐 전할 수 없을 만큼 좌절했다

비척거리며 거칠어질까, 도리깻열에 묻어나는 열기를 맡으며

해거름 진 마을에서 사방 천지로

돌아가고 싶었던 아버지와 나

위로해야 하나 가치가 변한 시대에 백년 전 감나무에서 떨어진

감씨로 키운 감나무 가지에 앉은 새새끼들 소리를 듣다가

가난하게 비운 아버지의 집으로 돌아갈 때,

영혼 아픈 새소리 내쫓던 어떤 이의

도리깨춤으로 떠올리고

하늘 전부 휘감아 땅을 내려치던 그대 눈빛,

마당에 떨구던 살 섞인 땀방울로

금빛 낟알 주워오지 마라,

그러면 아버지, 아들은 이 도리깨질 아니면 살아갈 수 없다는 말입니까,

무엇도 할 수 없다

벗이여 피곤해, 도리깨질을 추고 돌아오는 캄캄한 길에서
둑 밑 여울 소리 들으며
나는 아프지가 않은 양심(良心)을 맞고 있다.
언제까지 칠 거며 나는 언제나 아플거나,
내 손으로 도리깻열을 상속받고
어언간에 내가 도리깨질을 하고 있는 아버지가 되었으니.

어머니 친구들

어머니는 노동자였다
서른하나 되던 해 어머니는 쉰둘
어머니가 아니라 노동자였고
인간이 아니라 기계였다
저녁마다 허리를 찔리는 이동녀는
그렇게 남동의 영랑도서 살고 있다
밤중까지 쇠로 잠긴 사글세방
아프지 않는 사천원
밤 열한시까지의 홀어머니 노동이
사타구니까지 올라오는 검정장화를 신고
물탱크 안에 들어가 질컥질컥 물노가리를 밟는다
이 밤도 그의 어머니는 두 리어카
노가리를 떼기*하며 대가리를 자를 것이다
비디오아트 위성중계로
새로운 예술 장르가 생긴 그때까지도
그의 시는 고물은 아니지만
일 적을 때도 붙어 있자니
영랑동 부인네들 일자리를 다툰다

백촉 전등 밑에 눈이 어두운
어린이 어머니들 청장년의 노모들
칼 소리가 창고 밖으로 들린다
생전서부터 가난한 여자들
궁색한 어머니의 친구들 이웃 처녀들
철문 틈으로 새는 불을 보고
어머니를 불러낼 수 없었다
다 고장 난 생애들의 신장과 오금팍
고기비늘의 희망은 무엇인가
인간다운 삶은 어디 있는가
자잘대던 물빛 그림자 어른대던 천장
봄날의 내 모성 이동녀
일곱시부터 노동은 쪼그리고 앉아
상징도 의미도 될 수 없는
칼질, 칼질 노동이다
내가 모르는 한 사람, 비린내를 내는 어머니
이동녀는 노동자다
열여섯시간 노동에 사천원을 받는 그녀

일당은 돼지고기 두근 값
생로병사 말고 다른 뭣이 또 슬픈 게 있는가
나의 문학이여
어머니는 군납업체 노동자
아니 그 늙은이는 지금도 조미공장 노동자

* 고기의 배를 칼로 가르는 일.

서울 1

오, 내 TYOSEN!

고옵상한 너의 얼굴이 보기 싫다
나는 너의 손가락이 싫다
나의 사상도 취향이라 하지만
그러나 나는 네가 정말 싫다
이젠 싫어 네가
사랑하는 '웬쑤'가 되어 죽이고 싶다
그것은 널 천마냥 찢어서
오, 나의 죄여 나의 악이여
내 속에 무엇이 있길래
나는 죄 없는 너(?)를 죽이겠단 말인가!
시커먼 손톱 흙때 낀 손톱
나는 네가 아닌 네가 참말 싫어
이 증오가 곧 사랑 아니다
나는 너를 죽일 수 있으리라
종잇장 같은 칼날로 너의 목을
벨 수는 있으리라!
나는 너의 곱상한 얼굴이 참말 보기 싫다
몸을 파는 네가 정말 싫다

농부와 노동자와 시인과 백성더러
몸을 사라는 네가 싫다
내가 살아 있는 날까진
나는 너를 사랑하고 용서할 순 없다

대청봉(大靑峯) 수박밭

청봉(靑峯)이 어디인지. 눈이 평평 소청봉(小靑峰)에 내리면 이 여름밤
나와 함께 가야 돼. 상상을 알고 있지
저 큰 산이 대청봉(大靑峯)이지.
큼직큼직한 꿈 같은 수박
알지. 와선대(臥善臺) 비선대 귀면암 뒷길로
다시 양폭에서, 음산한 천불동
삭정이 뼈처럼 죽어 있던 골짜기를 지나서
그렇게 가면 되는 거야. 너는 길을 알고 있어
아무도 찾지 못해서 지난주엔 모두 바다로 떠났다고 하더군
애인이라도 있었더라면, 그나 나나 행복했을 것이다.

너는 놀라지 않겠지. 누가 저 산꼭대기에
수박을 가꾸겠어.
그러나 선들거리는 청봉 수박밭에 가면 얼마나 큰 만족 같은 것으로 겁(劫) 속에
하룻밤을 지내고 돌아와서

32

사는 거야. 별거겠니 겨울 최고봉의 추위를 느끼면서
걸어. 서릿발 친, 대청봉 수박밭을 걸어.
그 붉은 속살을 마실 수 없겠지.

　어느 쑥돌 널린 들판에 앉듯, 대청봉
　바다 옆에서 모자를 벗으면 가죽구두를 너도 벗어놓고
시원해서
　원시(原始) 말이야, 그 싱싱한 생명 말이야
　상상력을 건든다.
　하늘에서 들리는 파도 소리로
　삼경(三更)까진 오겠지 기다리지 못하면 시인과 동고(同
苦)할 수 없겠고
　그게 백두산과 닮았다고 하면 그만큼 이해할 수 없고
　그래서 맨발로 눈이 새하얗게 덮인, 아니지, 달빛에 비친
흰 이슬을 밟으며
　나는 청봉으로 떠난다.

　독선(獨善)으로 너의 손목을 잡고

나는 굴복시켜야 돼 너는 사랑할 줄 아니.

시골에 한 가마 옥수수를 찌는 할머니

그 밤만으로는 우리가 노래할 수는 없습니다

가구(家具)를 두고 청봉 수박 마시러 나와 간다, 세상은
다 내 책임이었냐는 듯이 가기로 했다.

이 '대청봉 수박밭' 속에 생각이 있다고 털어놓건

비유인지 노래인지, 그것이 표명(表明)인지

거짓 같지 않은 뜬소문 때문에

나는 언제고 올 테니까.

대청봉에서 너와 가슴을 내놓고

여행을 왔노라며, 기막힌 수박인데 하고 뭐라고 할까.

설악산 대청봉 수박밭!

생각이 떠오르지 않다니

그것이 공산(空山) 아니면 얼음처럼 녹고 있는 별빛에 섞
여서 바람이 불고, 수박 같은 달이다. 아니다

수박만 한 눈송이가 펑펑 쏟아지면

상상이다 아니다
할 수 있을까.

아프레 걸

벼가 벼 껍질을 버릴 수 있듯이
그리하여 쌀이 될 수 있듯이
나는 내 옷 하나 맘대로
갈아치우지 못한다.
갈아입지를 못한다.
다음 봉급 때 다음 봉급 때 하지만
그러지만, 나는 여전히
번데기에 불과해

날아가면 뭣 해, 옷 입고 날면 뭣 해,
번데기로 함께 번데기로 죽어
도회 먼지 날리는 골목 끝에서
시청 잡상 단속반이나 피하면서 나를 파는
잡상인의 리어카에 달린
연탄불 위의 철판에서
뜨거운 여름 종일 끓지.

그러나, 날겠다는 염원이 버려진 것도

더러워진 것도 아니다.
다만, 우리가 다 같이 날 수 없을 바에야
그렇다는 것이다.

누군 날고 누군 죽어가면서
서천 달 보고 날면 뭣 해서

속초

명태만 한 풀을 묶고 싶은 속초
아들은 속초 풀을 묶고 싶어요
어머님 살고 계시며 내 친구들 살고 있는
문전 창파에 햇살 푸른 속초
까닭으로 산에다 하늘 있으니
다른 꿈이 있는가 너는 잘 살아야지
농민과 어민이 잘 살아야 스승도 잘 살고
사십년 고향 못 가고 사는 사람 다 같다
물명태만 한 풀 묶고 싶은 아들 말이지
풀단을 칡나무 껍질로
그러나 들어보자 사람들 고향
바다 너머 있단다 집과 논과
가로수 그림자 길어지는 한길이
속초 너는 잘 살아야 한다
마당과 시장 하수구에 올라와 출렁이는 바닷물아
하늘 바다와 동네 산과
함께 있는 속초의 꿈날들아
거기서 떠올라라

산자수명 밝고 조용하고 깨끗한 속초
떠올라라 떠올라라
바다 위에 각목을 박고 차일을 칠까
바닷물로 몸을 씻고 헛된 꿈을 버리고
청봉이 내다보는 속초여, 두단 풀을 한단으로 묶게 될
속초 속초
젖은 눈망울의 물명태들 울멍거리는 속초 바다여
아들은 지금도
흐르는 바닷물로 묶고 싶어요
저 산과 사람을 묶고 싶어요

처용이 동해

처용 아버지는 바다를 내다보고
아들은 창을 묶고 있다 우리 부자는
남해가 아니라 중부 동해의 처용네
옹달솥에 살점 빨간 홍합살과 밀가루떡을
술술 끓이던 토인
세상에서 이때 동해가 뜨겁다
물개가 쑥쑥 해면으로 나와 기기도 하고
어머니는 집에서 채를 썰고
누이들은 뒤안에서 술을 빚고
세상 사는 일이 노는 일이었군
하늘에는 동해 하늘에는 시름 한줄기
뵈지 않고 그래 하늘은 보질 않는다
애비는 멍한 듯 앉아 죽었는지 숨 쉬는지
아이는 모른다
부자가 그냥 이렇게 살게 된 것이지
아버지가 어슬렁 물속으로 들어가면
발딱 일어나 섬으로 건너가는
아이는 고추가 보이지 않는다

힐끔거리며 처용끼리는 서로 감시하지 않는다
처용에게 바다는
공기니까, 그러다 중복이 지나면서
그들은 그곳을 떠나고 없었다
가끔 거센 파도가 올라오고
비바람이 마을 빈 처용네 집을 못살게 굴었을 뿐
그러나 바다 여름아 어쩔 테냐
처용이 없는데 처용 부자 가고 없는데
처용이, 보복에 관계되지 않았으니

해청(海靑)

바다를 뚫고 날아오른 그것은
하늘에 붙어 헬기처럼 울며
마을 사람들을 집 안에 숨게 했다
아무리 철없는 것일지라도
문틈으로 내다보면 눈이 멀었다
얼씬하는 것이 눈에 띄어도
그것은 그 발부리로 찍어서
하늘에다 놓고 부리질을 하였다
목선 같다는 사람이 있었다
야산에서 삼십년 바다에서 십년
하늘에서 오년을 산다는 해청
부리질도 풍문에 불과하다
나무 그늘이 없는 바닷불에서*
여름을 아이는 어떻게 보냈을까
그것이 타서 없어진 하지 이튿날
바다엔 바람들이 들어와 놀고
숨었던 새들이 나와서
섬 너머까지 드나들기 시작했다

믿지 말라고 그런 날이 있다고
가자미를 잡으러 출항하던
세상 뜬 아버지는 이런 말을 했지
해청은 아무도 볼 수가 없어 생각할 뿐이야
그나마 수십년 오지 않는 해청을
뭣 때문에 생각을 하겠느냐고
공포와 뜨거움과 신비가 사라진 건
네 가슴에 애석한 일 같겠지……
하지만 사람이란 하나만 믿고 살아선 안 된다
모든 것을 믿으며 살아야 한다
가슴 한복판에 자리 잡은 해청을
나는 계속 기다리되
모든 것을 믿는 아이가 됐다
한 딸의 아버지가 된 후로도
주변의 어떤 것이 버려지지 않기 위해.

* 사진리(모래기) 사람들은 모래톱 혹은 바닷가를 바닷불, 바닷불
  가, 모랫불, 모랫불가, 불가 등으로 불렀다.

야동리 어린 모

야동리 떠나며 믿은 건 어린 모
바람에 날아갈 듯 제자리 지켜
삐뚤삐뚤 잘못 꽂힌 듯한 모
물에 뜬 듯 잠긴 듯 누운 듯 박혀
잎과 뿌리 같이 세우는 어린 모
야동리 떠나며 믿은 건
군용트럭도 계급도 아니었다
안쓰러운 마음으로 사랑하는 것
그것은 바로 유월의 어린 모였다
차게 떠는 논 물결에
쬐꼼 비치는 하늘에 내린 실뿌리
국정만큼 중한 바로 그 어린 모였다
사람에게 쌀을 주기 위해서
저 어린 모들이 기를 쓰고 있다
죽은 사람과 산 사람을 위해서는
너무나도 약해 보이는 논의 어린 모
그러며 수십만평 이어진 평야를 지킨다
평야 지키면서 마을을 지킨다

네댓씩 한포기로 어울려
여린 초록으로만 떨며
서로 지탱하고 당기며 내리는 실뿌리
논을 도는 저녁 농민의 마음을 헤아리고
어둠의 길을 돌아오면서
기실은 속으로 저 거대한 서울이
나는 무엇을 믿는지 알 것 같았다
그것은 여기 있는 바로 이
우리에게 피와 양분의 쌀을 줄 어린 모
아주 작고 어린 모였다
지금도 어린 모는
야동리나 야동리 아닌 어디에서도
똑바로 잎 세우고 뿌리내려
한움큼 포기 실찬 벼포기로 크리라

거진 생각

날이 맑고 성깔 난 바다 날씨는 사나웠다
설핏설핏한 눈이 산밭에 떨어져
먼 북쪽 마을이 보인다 배도 보인다
명태비늘 묻은 남자가 구멍 난 담길을 걸어
시장으로 들어가서
어판장으로 나간다
시커먼 눈물의 길바닥에 거진 아이는 엎어져
얼굴을 들고, 출항하는 아버지를
젊은 엄마는 보낸다
눈물이 떨어지는 아이는 온통 얼음덩어리
옷도 장갑도 흙탕이 묻었다
대검 찬 소위가 그것을 흔들흔들하면서
앞을 지나간다
죽어 시커멓게 마른 명태들이 탁탁 부딪히고
공중에는 발이 없는 갈매기가 난다
어선을 지키는 경비정 한척이
시퍼런 높은 바다에서 들어와 덕장 앞에 숨고
속초를 떠난 안개의 어린 소위

살진 개구리 뒷다리가 보일 때
쾌속정 하나로 넓은 바다가 부풀어
터져버릴 것처럼 동해는 캄캄해진다
요는 요격기만 한 쾌속정 하나로

마포 노을 보며

서울에도 노을이 핀다
어쩌다가 노을이라도 필 것 같으면
바다 냄새가 흐르고 가벼운 마음의 진동이 인다
인간은 어쩔 수가 없다 살아간다는 것은
이 어쩔 수 없음에서
다시 시작하는 것인지도 모른다
원흉 같은 서울의 여름이 식어가면서
우리 쓸쓸한 피의 기억 더듬는 것, 그것이 우리다
쓸쓸한 피의 기억,
그대에겐 아무 꿈도 말도 없는 것 같은데
저 서천이 보일 만큼 낮아진 하늘은
무엇을 듣는 것일까?
말끔히 떠오른 노을 밑에서
수백년 있어온 터전이, 오늘 놀랍게도 제 모습을 보여준다
바로 어제가 휴전일 같은데
어머니의 등에 어린 추억은 붙어 울고
어머니는 지금껏 바닷가로 떠돈다
이렇듯 서울에 빨간 노을 피어나면

같이 치솟는 가슴에 피가 흘러 그런즉
우리들의 피는 용서할 수 없는 피다
이 온 산하가 이 같은 노을로 다시 한번 살아나
피의 기억 휘젓는다면
저는 짐승처럼 울어대고 말 것이다
마포 노을이
마포에서 본 노을아!

경험

옷을 입지 않고 뛰어본다 옷을 입지 않고

하나의 단지 구멍으로서 바닷가를 무릎의 구멍으로서

누가 관자놀이에 쐐기를 박았다 다행히도

경험을 하고 있다 경험을 한 적이 한번도 없다

바닷가를 뛰어본다 실제로 뛰어 본다 경험 옆에 있는 생
명과도 같은 바다를

버쩍버쩍 소리가 나는 갈매기 날음 경험한다

살 없는 바퀴로 실행한다 바람이 닿도록 하나의 구멍으
로 바람이 통과하도록

경험이 보이는 바닷가를 뛴다 바다를 하이칼라하고 등산
화에 경험한다

벗은 바다 위에서 때찔레를

훔칠 수 없으며 또 있는지를

하나의 시도로서 뿌듯한 호흡

아하아하 바람도 아닌

확실한 그 무엇도 아닌 그것

뛰어도 뛰어도 모르겠는데

조직과 안주에서 떠나 경험한다

경험적이기 위하여 그래도 어쩌다 걸리면

내가 뭐고 바다가 뭔지 경험한다

가능하겠다 경험이 날아가자 나가자 바다로 그러면 경험
이다

혼자 경험하는 수밖에 없다

경험을 뛰어 본다 바닷가를 어떻게 할수 없는 자체가 경
험이지만

십자드라이버

앞으로 밀면서 오른쪽으로 돌린다
돌릴 때마다 얼굴이 일그러진다
벽은 톱밥 같은 뼛가루를
마른 시멘트 밑으로 떨구며
십자드라이버를 껴안는다
빈틈없이 머리에 칼을 꽂고
사정없이 찔러 넣는 십자드라이버
드라이버에 맞물린 십자나사
나사의 고통은 나사의 십자, 드라이버 십자디
몸에 박힌 이 파편의 한조각이
하나의 뼈로 몸을 지탱하고
벽은 또다시 벽으로 남는다
밀어내고 싶은 벽의 습기와 불볕
이 칼을 삭히는 세월까지
벽은 나사를 물고
나사는 벽을 잡고
울 것이다 벽은 나사고 나사가 벽이고
긍정해야 할 긍정되지 않는 부정

죄일 때가 다시 왔다
더 굵은 나사못, 이 벽 어디를 칠 것인가
베니어합판을 찍듯 송판을 뚫듯
메마른 가슴 비정히 꼬나
생각 없이 돌린다 흙과 나무의 부스러기들
우지직우지직 부서져 떨어진다
나무 십자에 박힌 드라이버 십자
자석처럼 붙어서 벽 속으로 들어간다
오 벽 속으로 박히고
벽은 쿨렁쿨렁 흔들린다
하지만 언제나 벽은 벽으로서 건재한다
나사는 벽 속에서 상해가지고
뽑히지 못한 채 벽이 됐고
벽은 나사 때문에 움직일 수 없었다

다도해

그들은 동쪽으로 나갔습니다
남쪽으로 나갔습니다
얼마만에 서쪽으로 향했습니다
그때 총성이 울려 퍼졌습니다

그들이 타고 온 동체가
별과 함께 침몰되었습니다
바다를 질펀거리던 라이트 불빛을 거두어 갔고
깡통 몇개의 기름방울

여체만큼 깊은 새벽이 정지했습니다
더 먼 남쪽의 진동
바닷물의 절벽 밑으로 떠내려갑니다
장화를 신고 잠바를 입은 사내들
뭇의 머리 몸통 사지

그들을 찾습니다
멀리서는 기다립니다

그들도 돌아가려고 합니다
해가 떠올라 풀이슬을 두드리고
바다가 흉터 없이 가득가득 미끄러져갑니다

우리가 누굽니까 우리의
그들이 누굽니까 그들의
쇠붙이의 포구를 보고 오줌을 싸는 쥐
아픕니다 밤 같은 아침
그 햇살 한올이 한올이
바다를 타고 오는 그 서신이

금호동 백야(白夜)

등대는 뱃길을 잡아주는 것이 아니라 배의 갑판과 기관
장의 사상을 응시하고 선장의 동작을 감시하려 하였다

저것이 마을 앞에 생겨 시야를 가린 뒤론 왠지 똥끝이 타
는 심정이라고 소설가가 시인에게 말했다

해가 져서 어둑하기 전에 그 형체를 밝히는 등대가 숨어
있는 진실과 어려움을 외면하여 잡년에 가깝다고 시인이
뇌까렸다

아침 일찍 만나 열무김치로 라면을 먹고 저녁엔 밥을 한
술 하고 앉은 소설가와 시인

무덤 속에 어떤 장치를 했다 환히 불 켠 버스들이 숨어 달
리고 포니 따위의 승용차들이 개미처럼 동산을 파고 나온다

헤드라이트와 부딪치는 탐조등의 무서움 오늘은 끝까지
보기로 했다

결국 그는 우리에게 아름답기 위해 비추는 존재는 아니
었다

폐광 같은 길을 따라가야 거기 뭣이 있는가 텔렉스가 진
동하는 상공 주머니의 소형 라디오와 이어폰 눈과 같은 건
물들의 창

유령의 등대다 저것은 유령의 등대다 보고 보아도 우리를 위해서 높이 세운 등대는 아니다

끝없이 주고받는 암호와 스크린만 그 하늘에 너풀거린다

부서지고 순식간에 없어지고 서북쪽으로 날아가고

등대는 조용히 아무에게 간섭받지 않으면서 의자를 돌린다

향락과 확성기가 발달된 웅덩이 건물마다 길마다 컬러로 찍히고 그때 절망할 수밖에 없는 소설가

더운 밤공기를 부채질하며

자신에게 들이대는 불빛을 보았다

멀리 불광동 쪽 밝혀주고 휘어지는 불빛 그것은 심장과 쓸개와 저서까지 투시했다

얼굴이 뜨거웠다

소설가는 자유의 여신과 비슷한 가짜 등대를 뚫어지게 바라보았고

순간 그의 몸이 수십초 동안

남산으로 날아갔다

그것은 무엇인가를 빼앗아가는 일방적인 강탈 시인은 문 뒤에서 빛이 사라지는 소설가의 얼굴을 보았다

불 켠 자동차가 산골짜기를 지나간 다음

컴컴한 구름 밑을 비추던 등대가 사라지고 시인은 모기소리를 들었다

그때 소설가는 금호동 뒷산에 오는 폭우의 울음소리를 들었다 엉엉 우는 폭우

그가 못 쓴 태고의 울음 가까운 한강으로 쏟아져 내려가는 계곡의 물소리 거대한 계곡의 물소리는 가난한 산동네 방고래를 흔들었다

소설가는 낮에 먹은 열무김치를 생각한다.

시인은 누워 있는 소설가 옆에 앉아 부패를 막는 소설가의 소형 냉장고를 그리고 썩을 수 없는 반병의 소주를 보았다

차의 칼날

죽음이 라이트 불빛을 비춘다
생명에게 불을 켰다 껐다 한다
눈이 부셔 그 불빛 뒤의 것이
어둠속에 칼을 달고 달리는 짐승
생명에게 불을 비추는 죽음
인간의 발이 브레이크를 밟고 있어도
죽음이 비추는 라이트 불빛은
광폭한 폭음을 내면서 달리고
눈이 터질 듯 아픈 헤드라이트는
아무 후회 없이 사라진다
그들은 인간 앞에 돌아온다
감전될 것 같은 소리치는 전깃불
그 뒤에 거대한 발전기가 있다
오 죽음이 너에게 가고 있다
오늘 열시에 죽을 사람이
강 건너에 유리문을 열고 나오다

79년도

한번 시원한 시를 써보자고
벼르다 벼르다 토왕성 폭포엘 갔었지
속초시민 아무도 모르게
아무 친구도 알리지 않고
시는 혼자 쓴다는 외로운 마음으로
그러나 토왕성 폭포는
내 시상(詩想)만도 못하였다
하나의 물체로 걸려 있을 뿐이었다
새소리와 가지가 뼈가 되어 있었고
한 처녀라도 그 허공에
목을 걸고 빙글빙글 돌 줄만 알았던
그 꿈은 개꿈이 되었었네
그래도 그 꿈만은 지금 생생하네
기가 막힌 시를 다른 것도 아닌 기막힌 시를
한번만 써보자고
너무 갈구했던 그때의 내 마음
10년 후나 가게 될지
비류한다는 너의 폭포로

내 심정을 누가 알리
어머님이 알리 애인이 알아 하리
팔구년도 토왕성 폭포 죽어서 가리
살아 가리
험악한 산 속초에서 보이는 토왕성
대폭포수가
번쩍번쩍 서울에서 보이니 날아서 가리

벌판에 와서

바람은 와서 몸이 되고 바람이 굴러가서 벌판이 되고

벌판에서 다시 그대에게 가고 그대에게서 떠나 보이지 않는다

바람은 비를 품고 가다 후두둑 쏟아놓고 쏟아진 씨앗들과 눈물은

거둘 수 없고 부를 수 없다 한다

남은 세월의 잔재들 위에 남는 바람

오르다 오르다 중턱에서 없어지고 오다가 오다가 강가에서 사라진 것

너의 이름을 너의 기원을 어떤 낱말로 말해 담으리

하늘에 별 핀 전멸의 시간에도

바람은 벽과 어둑한 집채를 타고 넘어

서인지 동인지 망망대해 어디론가

가시는데 감은 것이 몸뚱이에 살인가 흙인가

거꾸러져 어디서 울고 있는 무릎을

뭐라고 부르고 내세워야 도리일까

오늘도 바람이 와서 몸이 되고 몸에서 떨어져서 벌판이 되는데

너를 이름하여 뭐라고 해야 쓸지
바람이 무엇을 전하고 가는 걸까
바람이 모르는 나무야 나무가 모르는 바람아
어느 하나가 한쪽을 아는가

난지도 겨울

소공동을 걸어 다니다가
오후 문을 걸어놓고 난지도
앞산 아래 배수진 친 난지도
겨울 거대한 나무들이
하늘과 싸우고 있었다

파도가 난지도 방파제를 물어뜯고
철주와 전화통 부서져
흰개미들의 네 팔 두 다리

눈은 둑에 쌓이고
강물에 빠진다
죽어 소외된 서울 쓸개 부분이
저 소공동과 관계없이
그대 허탈하게 돌아올 수밖에

나무 속살처럼 얼어 난지도를 물고 있는
강과 난지도 뒷산

철근의 뿌리를 옭아맨 악의 세계
비닐종이는 추위를 몰아
이곳에 쏟고

그대는 봄이 아니다
곡괭이는 황새 주둥이가 아니다
쓰레기를 파헤치는
적들 같은 노동의 외각 어디서나
난지도 겨울이

아우성치고 있다
눈메뚜기의 침략을 받으며
(─그때 창에 서서 눈 퍼붓는 북한산 쪽을 내다보며
나는 하느님과 동시에 문학의 기능을 생각했다)
써서 뭣 할 것인가 아름다운 것이 아니라면 힘이 아니라면

제2부

사진리 대설(大雪)

하아얀 눈이 마당을 여드레 내리고 나니
눈이 정말로 무서워졌다. 아흐레 만에 날이 드니
눈물이 나는 오후였다. 아무리 말해도 듣지 않는 선처럼
해도 우물우물 빨리 서산으로 지려 하고
마을은 오랜만에 빨간 불빛들을 서로 볼 수 있었다.
죽지 않고 살아 있는 친구들의 말소리도 들려왔다.
언제나 어둡고 높고 촌스럽기만 하던 설악산이
사진리*하고는 바닷가하고는 아무런 상관이 없는 산이
그날 처음으로 야산이 되는 것을 보았다.
우리하고는 아무 일도 없는데 거만하게 하늘로 솟았던
산이 순하디순해져서 고요하기 이를 데 없었던 것이다.
육백 미터 팔백 미터 산과 수백 미터 낭떠러지가
눈으로 평지가 된 것처럼 산 지붕이 야트막하였다.
몇개의 봉우리만이 흐릿한 윤곽을 드러내고
산은 정말 별 볼 일 없는 어촌일지라도 인가 쪽으로 다가
왔다.
뽀야니 떡가루를 뒤집어쓰고 잠든 눈 속에 내려앉아서
눈주목 눈측백 눈잣나무가 아주 눈에서 사라져버렸다.

모든 형상과 색이 파묻혀 어떤 움직임도 소리도 없었다.
세상은 사진리에서 그 끝까지가 고요, 고요였다.
공룡 청봉이라는 것들이 눈앞에서 잡힐 듯하였다.
후우 세게 입김을 불면 날아가버릴 듯이 작아져서
마치 산은 사진리에서 멀리로 내려다보이는 것 같았다.
나는 그날 오후 이후 이때까지 설악이
그처럼 낮아지고 아름다운 적을 본 적이 없었는데
해가 지고도 한참을 설광 때문에 새벽 같았다.
발간 등불과 플래시 불빛이 흔들리기 시작하던 마을
사진리는 그제야 사람 사는 마을이 되었다.
아흐레 동안 산이 눈 속에 파묻혔던 것이다.
그런데 놀라운 사실은 그날 내다본 동해는
무슨 일인지 물속에 다니는 고기 소리가 날 듯이
맑게 갠 하늘 아래 호수처럼 잔잔히 흐르고 있었다.
눈도 한송이 쌓이지 않고, 그만으로 흐르고 있었다.

* 시인의 고향인 사진리(모래기)는 속초시 북쪽의 어촌으로 해방공
 간과 분단시대를 거치면서 양양군에서 고성군으로, 다시 고성군
 에서 속초시로 편입되었다.

우수

오리들은 하늘이 찬란한 새봄도 맞지 않고
시베리아로 떠나서 밤섬은 텅 빈 모래밭뿐
산에 진달래 길가에 개나리 담에 목련 피면
아름답다고 아무리 애를 써서 마음 주어도
물장구치고 떠들고 싸우고 울던 이웃들은
훠얼훠얼 어느 멀고도 먼 곳으로 날아갔다
그리하여 오늘 나 여기서 노래 하나 부르니
모래밭에 우수 지나 밤섬은 후회만 가득해
심심 산비알을 감자 혼자 외롭게 익어갔듯이
사랑은 강 안에서 바라보며 탐하진 않았으나
저 건너 강심 한가운데 바람만이 스치고
모두 떠난 백사장에 흰 봄빛만 놀고 있구나.

산딸기

아무 눈에 띄지 않아
고스란히 돌 틈에 흙에
돌기 진 사랑은 숨고 만
설악산 핏방울 방울

잎새로 햇살 받으며
가시 틈에 성정은 이슬로도 눈떠서
흰 꽃 진 뒤 검붉게도 익었고

아 목마른 동정이여
발길 닿지 아니하는
이 산길 끝 깊은 곳을
오롯이 뜨겁게 불타다가

한여름 흑색으로
서늘한 산그늘을 어엿이 따돌리고
똑 똑 떨어져
내 칠정(七情)의 가슴은 아팠네.

안 보이는 시

용강동 삼층에서 무엇을 내다보겠느냐
서울을 그리는 사람들을 기다리는 사람아
동대문 위라도 제대로 보겠느냐 저기
신문이라도 바로 보이겠느냐
무엇이 우리 곁을 쏜살같이 지나가고 있다
어디서 불을 자꾸자꾸 때는 곳
밑에서 썩는 물만 흐르는 곳
여름이라도 제대로 보겠느냐 사람이라도 제대로 보겠느냐
조국도 나라도 분단된 줄 모르고
땡볕 밑에서 울퉁불퉁거린다, 서울은
한국의 영혼과 물질의 중심 무대
그럭저럭 서울은 해 저물어
마포도 딸려 가고 다시 아침으로 빠져나오리
한 사람도 한 건물도 잃지 않고 무너지지 않고
살아 있다고 말하겠지! 그리고
눈을 멀뚱거리며 나를 쳐다보겠지
마포 삼층 편집부에서 무엇을 기다리며
한강 둑 뒤에서

서울 무엇을 내다보느냐

신문이 되지 못하는 것들이냐 관리가 찾는 것이냐

서울을 드러낸 사람들을 기다리며

망연하게 서울을 내다보는 사람아

저 너머 너머에는 또

의정부가 있느냐 백운산이 있느냐

허리 묶은 산맥들이 분명 있느냐

내 의자 밑에는 환자가 천장을 보고 있느냐*

* 1990년대에 마포구 토정로 304(용강동 50-1)의 용현빌딩 3층에 창비 편집실이, 2층에 용현의원 입원실이, 1층에 아몬드치킨 호프집이 있었다.

모자(母子)

어제는 옛날 어머니가
양치질을 하고 들어오셔서
아이에게 아침밥을 먹이는
아름다운 꿈을 꾸었습니다.
그런데 이상한 일이 일어났지요.
옆에서 보고 있던 제가
아이가 되었던 것입니다.

어머니는 밥을 드시다가
상 옆에 혼자 놀고 있는 아이가
너무나도 귀여워서
쌀밥을 꼭꼭 씹어가지고
무릎에 앉혀 입맞춤을 하였습니다.
한 번은 당신이 먹고
한 번은 당신이 저작을 해서
작은 나의 입에 넣어주었습니다.

아이의 첫 숟가락은

어머니의 둥글고 단단한 혀였습니다.
어미 밥은 달고 달아서
진한 젖처럼 넘어갔습니다.
어머니는 잔멸치까지 넣어가지고
계속 입맞춤하셨지요
수십번을 잘디잘게 부수어서.

황지1동을

가까이 가서 보면 하늘을 찌를 듯한
나무들이 빽빽이 들어찬 높은 산골짜기
황지1동을 걸어가면서 나는 아는 사람이
한 사람도 없고, 조금도 낯설지 않은 길거리
검은 눈이 몸체와 바퀴 사이에 엉켜 붙은
고향을 누구 대신으로 걸어간다? 걸어서
동대문 처제가 사준 목도리로 두문동재 바람을
넉넉히 막으며 남쪽으로 향한 동으로 내려간다
따뜻하다 오히려 평온이 내게 황지국민학교의
탄난로 불처럼 던져져 사는 사람들의 고통과 함께
활활, 수가마 양미리가 그물 터지게 잡혀
모랫불로 끌려 올라오던 속초 바닷가의
60년대 세월 같은 어린 감동으로 황지를 걷는다
배때기가 새벽보다 빛나는 아득한 1월 바람
그 정초를 기억하면서, 1차 진료소로 들어가는
부모와 때를 벗지 못한 우울한 소년의 발걸음
그러나 어찌하리 살아 이기는 길밖에는
쉽사리 우리를 도와주지 않는 하늘 아래

골목의 치워진 눈들을 보면서, 너머 친구가 있을
먼 두문동재 아침 설화를 보면서, 지붕에
숨죽이고 내렸다가 처마로 미끄러지면서
거대한 고드름이 내리꽂힌 사택 가정을 보면서,
태백산아 내가 무슨 생각을 해내었겠느냐
아이들 앞에서 갈 길이 정지된 어두운 아침
거뭇한 형들은 작대기로 고드름을 쳐뜨린다
황지, 황지. 황지국민학교 뒷동네 새해 한낮으로
태백산은 보이지 않고 철암이 솟아오르다
석공장성광업소 그 구름만 보일까 말까 한다

바람의 신선

명동 골목에서 총소리를 듣고
세종로 앞에서
최루탄 가루 하얗게 뿌려져도
해마다 넘어가는 산길 한계령은
바람의 신선이 있다

그들은 바람의 신선들이다
눈 내리던 세살도 단풍들 여자도
눈감던 아버지도 다 내 마음이 아니었다
신록은 녹음이 됐고
바위와 나무뿌리에서 흰 구름은 오른다

　──어느 길목에선가
머리 기댄 창에
빗방울이 하얗게 부서져 내렸다

잎사귀들 해풍에 뒤집혀 너울거리는
나는 다시 바람의 신선들을 내다본다

영이여, 나는 만난다

아수라장인 종로와

광화문 하늘에서 터지는 깡통을 잊으며.

아이

    강아지풀 줄기를 쭉 잡아 뽑아서 버들붕어와 벼를 먹어 파란 논메뚜기의 아가미에 꿰었다. 들판이 뻐근해서 날이 지니 야, 친구 이젠 들어가라 그만 해도 막무가내. 들, 산, 개울, 연못. 짤록한 낚싯대를 들고 주머니엔 보망칼과 돌에 감은 경심과 딱지. 개미, 나비, 잠자리, 벌 끝도 없이 잡고 종일 놀고 와도 할머니는 꾹꾹 눌러 밥을 주셨다. 그걸 먹고 아, 초저녁에 일찍 나가자빠진다. 백리를 갔다 온 육신처럼 벌렁. 내 새끼 저 별 좀 보고 자지 하면 아야, 딱. 꿈꿔요. 잡아라아! 닭. 이랬다. 슬그머니 반바지 가랑이로 장작손을 넣어 내 잠지 껍질을 살 만지는 것 나 모를 줄 알고. 아인 실눈을 뜨고 엥 돌아누웠다. 할머니는 허리를 덮어주고, 우신다.

달맞이꽃

빈 주머니 달고
조금도 외로워하지 않던 달맞이꽃
여기서
이제 너의 꽃빛만
그리울 뿐이다

일제 때
월출산 보이는 계곡에서 걸어와
결혼하고
해방되어 전쟁 맞은
슬픈 달맞이꽃
아버지 어머니
역사는 날뛰며 지나갔지요

할아버지를 잃고
아버지를 멀리 보낸 해남산
달맞이꽃 시절만은
지금까지 씻은 듯 그립다

너를 기다리느라
앉아 있을 수가 없었다
가을 낮에는 코스모스라더나
밤에는 너를 보며
남편 삼아 아들 삼아
산길 장 길을
무서움도 모르고 걸었더니라

그런데 아야
들판에 달빛 양지에 핀 그 달맞이꽃이
그 꽃이
그렇게 부러울 수가 없더라
네 아버지 잃고
너 보내고
나 혼잔 살아가기 싫더라
너무 외로워
빈 주머니 달고

조금도 외로워하지 않는 달맞이꽃을
어느 날은
우두커니 바라보고 섰었다.

화곡리 봄에

마악 우는 저 새는 휘파람새구나
가슴 아픈 신록 잎 뒤에
시린 설날 뼈아프게 살아온
떠돌이 휘파람새
오늘 입술 접어 불고 있다

진달래 지고
잎으로 앞산 뒷산 드밝을 제
바닷가 산속 깊은 그늘
작은 산촌 와서 꼭 울던 새
모내기를 다시 하고 예전 봄이 또 가도
잠깐 왔다 오지 않는 사람들아

아기 주먹만 한 감람 갈색의
휘파람새는 휙 휙 한단다
역사 없는 님들의 접선 신호로
저 아름답고 듣기 좋은 소리는
휘파람 소리겠지

바닷바람에 잎사귀와 흔들리는
작은 나뭇가지 잡고 울어주는 슬픈 너
60년도 70년도 그런 내가,
무엇으로 돌아올질 모르는 휘파람새야

한무더기로 흩어지는 수북한 잎숲 뒤에
부서져 나리는 바람아 알리라
내가 오는 날까지 너도 울고
네가 오는 날까지 나도 울겠네
산속 마달국교 화곡리길
서산머리 갔다 오는 봄 길에서

* 강원도 고성군 화곡리는 1974년 시인이 근무했던 현내면사무소가
  있는 민통선 북방 농촌이다.

강원도 백로밤

1

아녀와 헤어진 별한(別恨)처럼
남해로 가버린 우리들의 여름
강원도 백로밤은 깊어만 간다
목청껏 장부가를 부르고 싶지만
처마 밑 장독대가 의외로 괴외하다
바람 탄 이슬처럼 서리로 내려서
은빛 백로 섬돌에 빛나고
마을 뒤 옥수숫대 꺾인 채로 말라 죽고
한그릇의 마음만 오들오들 떨고 있다
강원도(江原道) 백로밤 큰 산 큰 바다는
하늘을 남겨둔 채 외로워서 죽겠다.

2

남은 귀뚜리 멀리서 울고
정적의 천지(天地),
느릅나무 밑으로
한 농촌(農村)이 비추고

산밑 논에서 오리 새끼들

가끔 울고 있다

소매 속으로 파고드는 찬 바람

가슴을 후벼가고

어쩔 줄 모르는 백로밤

이 집안의 한 여인을 바로 눕힌다

그대로 안는 가을

달은 산중에서 잠든

띠구름을 비추고

남은 귀뚜리는 철둑쯤에 가고 있다

생활(生活)과 사랑을 함께 돌아보는

백로밤. 왠지 쓸쓸하다 모든 것들과

북(北)설악

스키장이 들었다는
저 진부령 쪽 올려다보면
거긴 꼭이 내 마음 같습니다
내 마음 같으냐면
아버지 가슴 터진 하늘 같고
오호 설악산이라
거기서 숯막을 치고
살았지 방축가 키가 작은 모로꼬는
마음이 선창도 같냐면
꿰맨 붉은 돛을 단 바람도 같냐면
그리운 옛날은
갈 수 없는 미래이다
마음에는 싱싱한 생선 내장들이 널리고
피마자밭에는 돌이마 예쁜 꼬맹이 숨었지
송골 솟은 팔뚝의 땀
그리워라 옛날이
이마 땀에 문지르는 얼굴 검던 모로꼬
내다보면 설악산은 내 조국이라

나의 어머니와 나의 아버지이다
나의 온 육체와 정신과 마음은
덴봉*까지 꽃 같은 단풍이 들고
빨갛게 탄 떡갈나뭇잎이
바닷가 우리 집까지 달려 내려오면
어머님, 어머님
우리는 사람이 됐지요
마음 있는 사람
때론 길보다 높이 강물이 흘러도
아름다운 설악의 마을아
어른들은 옛날만 좋았대지
나는 옛날만큼 오늘도 좋아요
마음이 뜨거운 북설악 하늘이 보면
바닷가에 아들이 서 있으면
마음의 바람은 진부령 쪽까지
어제고 오늘이고 밀어 보냈다

* 속초시 장사동 산13-1의 국사봉.

미역줄거리

둑둑 분지른 미역줄거리는
핏줄기는 아니지만 우리가 먹을 것이었다
등기 없는 빠안한 바다 나가
옹가슴으로 망깨 당기는 지아비며 아들 때문에
검정 몸뻬 다리 야윈 여인은
모래톱 비탈을 미친년모냥 뛰고
소리치고 그러고 돌아보면 봄땀 흘리고
손이 열이라도 부족하게 미역을 널지만
저 북해가 없는 건 아니라오
가령 핏줄기가 말도 못하게 중하다 중하다 해도
미역줄거리만큼은 못하였다
앞바다 미역바우 넓어야 얼마나 되나
골짜기 벌판 하나만 한 바다에
칠팔십척 종선들이 일출로 나가설랑
씨도 안 뿌리고 결각 새미역 긁어 뜯어냈으니까
싸움은 또 비탈의 모랫불에 있었다
네 땅과 내 모래가 아니라도
리어카 다니기 가까운 곳에

은연중 자기 구역으로 만드는 선창가
그 미역줄거리로 식은밥을 아버지는 떨며 요기하고
보상 못한 손 발목 없는 불쌍하고
험악한 상이용사들이 난간에 붙어 서선
먼저 한 광주리 안 주면 미역을 못 푸게 했으니
고성전투에서 살아남은 박씨 사공도
주란 말 주지 말란 말 한마디 없이
그저 모래밭 가마니에 돌아앉아
간물에 젖은 손으로 밥을 먹을 뿐
미역줄거리는 핏줄기가 아니었다
사는 건 쉴 수도 있는 전쟁이 아니라
꼭 핏줄기보다 강한 것
둑둑 분질러 몇포대 겨울 걸로 남기고
그나마 어려우면 내팔았지만
바늘대로 쭉쭉 찢은 미역줄거리는
이 동네가 어디인지도 모르고
악을 쓰면서 사람들 살아가게 만들었던
우리들 염부나무 남섬부주 기나긴 이야기였다

사진리

여기는 누구의 태생지인가.
어민으로 살다가 붉은 줄 쳐진 원고지를 깔고
한 생애를 정리하고 싶은 여기는

하늘에 커다란 구멍이나 들에 바다에 바람막이 산이 있
는가.
겨울바람이 파도로 물보라 치며 몰려오는 소리는
너의 아버지인 나의 온몸의 귀를 열어젖혔다.

갈매기들도 섬에 엎드리고
칼날들이 무섭게 날아오르는 파도가
하얗게 목청을 세워 달려오는
저 북쪽 바다!

덜컹거리는 상점 유리창으로 내다보는
너의 태생지인 바닷가 바다
이미 옛것들이 사라졌고
이제는 섬세한 그의 몸짓도 생활에 묶인 지 오래

남은 시간은 붉은 줄 쳐진
하얀 바탕의 편지지에 쓰고 싶은 안부 같은 것
이제 너는 너의 고향에 대하여 말하지 않는다.

펄럭대는 비닐종이가 바다에 날아가며 있고
햇살이 떨어진다 가슴에
유년의 활동과 소리와 친구들 모래톱에 흔적 없고
양식 멋을 살린 횟집과 냉면옥이 들어서고

우리가 뛰놀던 옛 공동묘지는
새로운 아이들의 골목길이 되어서, 백색 블록 담의
가정이 들어차 있었다.

　──하지만 아무 연민도 없이, 벌써
우리들에게도 그런 시간이 닥쳐왔고 우리가 불을 놓던
모랫불은 벌써 아지 못할 아이들도 버려두었다.

옛 여자

황토색 포장을 친 리어카

카바이드 불빛 안쪽에서 오뎅을 팔고 있다

바다가 쿵쿵 소리쳐 부서지는 쪽

처음 보는 남자는 때 묻은 군용 잠바를 입고

곁에서 호떡 한장을 뒤집는다

주정뱅이가 카악 가래침을 뱉는

언 눈보라 시장 지붕에서 날아오는

형광등이 환한 약국 옆에서 통금 소리를 기억한다

상점과 골목이 바뀐 동네 한쪽

변하지 않은 것은 추억 그것과

겨울 바닷가의 이상한 소리와 낮은 옥수수밭길

오늘도 다른 눈에 빛날 별들

사람이 가고 해가 가고 눈이 그치고

그리고 그녀의 시간표는 어디 있는가

포항 어느 길목에서 풍문에 산다더니

너는 돌아와 오뎅을 파는구나

퍼진 오뎅은 큰 무 덩어리와 뜨겁고

자신의 일생을 살아가는 세상 먼 한쪽에서는

그는 이미 잊어버린 사람이었다
만남과 삶의 옛 이정표를 지워버린 나라
나는 우리들의 고향을 지나가고
이제 너는 돌아와 사는구나
아버지도 어머니도 네 고향에서 죽고
아무 친척도 없는 고향에 돌아왔구나.

김상철 죽음

가을이 가면 으레
쌀가마가 들어왔다
미리부터 채권자가 되겠다는
덕장과 손이 맞은 선주의 선심이다
이게 다아 빚이다
마루에다 턱 하니 부려놓고
시멘트 담 너머 문 없는 마당을 나간
선주는 동삼이 춥겠는걸 받아둬
상철이는 이게 짐이고 죽음인 걸
살았을 때 다아 알았었다
선주는 그러구 고맙소 한마디 해주길 바란다
한편 덕장 주인은
선주에게 코가 비뚤어지게 술을 사고
그물값이니 돛 수리 값이니
덥석덥석 내준다
빚을 쓰라고 한다 빚을 지라고 한다
사정하면서 거들먹거리면서 쓰라고 한다

그러는 것은 다아
입찰 없이 고기를 받겠다는 뜻이다
중사 출신인 김상철이도
의리상 그걸 받아먹고 술로
샛바다 추위를 이기다가
오십 안 돼 죽은 선장이었다
몸을 망치지 않고는
배를 탈 수 없었던 김상철
고성전투 총 빗발 속에서
구사일생 살아남은 김상철의 목숨도
배꾼으로 선주쌀 받아
몇해 몇해 처자식을 근근이 먹여 살리다가
병 들어 쌀가마 오지 않던 가을을
겨우 넘기고
망선(網船) 배가 뜨던 초겨울 언젠가
아침나절에 이 세상 목숨 놓고
처자식 놔두고 가버렸다.

미시령 아래 집

눈 빠지고 열흘 뒤였다
낫과 새끼줄과 반합을 니야까에 달고
아버지와 어머니는 산으로 가셨다
자식들 집에 두고 간 미시령은
바람이 불어오고 해가 지는 곳이었다

어두운 시절의 젊은 아버지
고추장에 찬 보리밥 덩이
낙엽 더미 깔고 둘이 앉아 썹썹 먹고
해 지는 산속에서 단을 묶고 나서면
절간보다 조용한 골짜기 바람 소리
어두워서 가서 어두워 돌아오는 산길은
광속으로 타는 별 떠
아이들 시커먼 얼굴로 보던 곳
캄캄한 산에 백야 같은 하늘
아버지는 니야까 들어올리고
어머니는 죽어라 잡아당기던 미시령 내리막길
어이쿠 여보 하면서

어머니는 질질 끌려 내려왔다
니야까째 굴러떨어질 뻔하였다
그렇게 캄캄한 아홉시나 되면
오누이는 생솔을 때며 솥에 물을 끓였는데
펄펄 끓이다가 졸음이 올 때야
아버지 어머니 휙 찬 바람을 안고 들어오셨다

얼마 뒤에 식구는
죽인가 밥인가 불을 켜고
떨거덕이며 입에 끼니를 떠 넣었다
니야까는 마루기둥에 쇠줄로 묶어 쇠통 채우고
미시령 찬 바람은 윙윙
지붕과 창고를 올라타고 억누르고 있었다.

* 마당식사 하던 마당에서 서쪽 멀리에 공룡능선, 토왕성폭포, 대청봉과 함께 제일 먼저 눈길이 가는 곳인데 사람들은 영서로 가는 미시령을 '미실령'이라고 불렀다.

눈망울

몸은 이미 뱃간에서 죽었어도
눈망울만은 죽지 않고 살아 있었다
쇠갈고리에 찍히며 세어질 때도
판장에서 눈알은 그렁거렸다
눈 크게 뜨고 보는 얼굴 마당 처마
배가 쭉 떼겨지고 턱밑을
짚 서너 올에 꿰여 한밤 덕에 걸리며
삭풍에 눈보라에 얼고 터지고 말라서
네 몸은 부었다 얼었다 부었다 얼었다
목덜미를 싸리나무 가지에 찔려
서른 두름이 고리짝으로 묶여서
트럭에 실려 영 너머 생면부지
서울로 가든지 남대구로 가든지
검은 몸 하얀 눈만은 검은 정자만은
진기하게도 감지 않고 뜨고 있었다
그의 눈망울만은 그의 눈망울만은
죽지 않고 살아 있었다.

마당식사

못질한 상에 마주 앉자
별이 나타나기 시작하는 모래기
마당에서 늦은 저녁 식사다
밥을 떠 넣고 말하면
건풍이 지나가는 동네는
사람 말소리 더 잘 들리지
해바라기가 일찌거니
꽃을 다 피운 때야
뾰죽히 생긴 작은 배가 풀대밭에
엎어져 있을 때야
얼큰한 엄마 생선국에
감자밥을 짠지에 싸 먹는 저녁인데
동네 사람들도 모르는 사람
뼈가 나온 산 너머 감자밭 철길 밑에서
녀석들 아직도 목욕하겠지
경상도 창영이 엄마는
창영아 창영아 저녁 먹거라
소리치고 다니는데 여긴 없어요

아버지, 아버지는 나하구

넌닝구 반바지 바람이네요, 그렇구나

아버지 다리두 내 다리두 털이 났어 킥킥

엄마하구 동생들은

깜정 치마를 휘감구 앉았네

엄만 왜 한쪽 무릎을 세우고 앉아요

어두우니까 좋아요, 식구들이 좋아요

형순이도 흐릿하니 예쁘고

엄마도 아버지, 달라 보여요

우리 엄마 아닌 다른 여자 같았어요

그때 골목에서

여편네 고생시키는 박씨가 지나가며

해코지를 던지는데

우리 집을 얕잡아 보는 줄 알고

치 선주면 다야 선주면

코를 손바닥에 풀어 가마니에 썩 민디고

밥인사도 안 했지

엄마는 아버지 등 뒤에 선 안경 박씨를 보며

한술 드시고 가라고 하셨지
그때 나는 돌아보려는 아버지한테 말을 걸었지
그때 남한 어둑한 마당 저녁 식사 때
두 사람은 저승 가고
여섯 사람 뿔뿔이 이산이지만
그까짓 이산가족 당연한 거지
이 세상 사는 데 붙어서만 살 줄 알았나
모두 다 헤어져 산다우
그러니까 이산가족 슬픔 하지 말아요
감자를 바수어
쌀밥 속에 숨겨주신 엄마, 이담에
글피 글피 내 아이들을 기릅니다.

목비행기

십년 전쯤 십년 후쯤 나무비행기 타고
여름 해가 지는 그 저녁 시간에
서울을 나는 한 바퀴 돌고 싶었네
강 쪽 매일 첫 햇살 찾던 산동네
늘 늦은 골짜기를 들어가서
삶의 가시 같은 전등꽃만 피었던
그대들 어둑한 골목을 보고 싶었네
강화 쪽의 노을이 멀고 먼
스카라극장 앞과 오욕의 서울역과
불빛이 물레방아 도는 논바닥의 강남
잊었던 곳 기억날까 개나리꽃처럼
시뻘건 한낮의 낮은 저녁이
번들거리는 어깨 뒤에서 가면을 쓴 채
누구의 희망으로 떠오르는고
행복이 손수건보다 작은 가족을 두고
너는 문래동과 봉천동을 잊으면서
북한산 대남문을 넘겠는가
물드는 어둠 시내가 보여라

부르릉 떠가는 두길 자동차 불빛
김포는 갈라짐 속에서도 하늘로 오르고
눌림으로 철교는 교각을 세우나
너 살던 강서를 지나치는 이 저녁이
저 먼 시대의 궁금함 때문에
너희 사는 이 서울의 상공을
나는 사랑의 어둠으로 가고 싶지 않느냐.

정릉4동 세월

저 너머 쓰러질 듯 버티는 칼산을 말했지
두 팔을 쭉 뻗은 북한산세는
울퉁불퉁한 어깨와 팔뚝의 근육으로
정릉4동 골짜구니 험한 삶을 지킨다고
그러나 때 절은 천장은 부르르 떨고
시멘트를 이겨 박은 벽 안쪽은
엉덩이만 한 아랫목만 쩔쩔 끓을 뿐
허리 감고 코 찌르는 메마른 바람만이
가슴속 뼛속을 마음대로 날고 있나

처녀티를 이제 벗어나서 차린
맹맹한 코를 훌쩍이는 젊은 어머니들은
못사는 집의 아이와 누이 비슷하고
환풍기에 뛰어드는 설풍 쪽으로
늘 자신의 마스크는 개 입에 씌운 망 같다
작은 스웨터를 짜며 종일 하는 겨울은
응달이 가지 않던 길고 긴 여름낮
속내의 하나에 뽀뿌링 치마만 걸치고

맨발로 살던 고무신은 눈 속에 없어졌다
누가 저런 발바닥을 가진 사람들에게
언 그루터기 논바닥을 뛰라고 하는가

바람은 채무만큼 나뭇가지를 잡아 흔들고
연탄불은 갑자기 꺼져버리기라도 하려는 듯
촛불처럼 숨 막히게 펄럭이고 타는데
어둠속 검은 북한산세 4동 바람은
마을을 향해서 소리소리 지른다
누가 누구를 탓하고 의지하는가
살아가는 일은 스스로 얻어내는 것이라
인간의 정신과 법과 정부를 고개 너머 두고
설상가상 정릉 별만 몇몇 추울 뿐
그는 이승을 이해할 수 없었다.

용포동 여름

논도랑에서
늙은 여자가 목욕을 하고 있었다
건너편 동네 여자인가 보다
자전거를 옆에 차고 둑길을 걸어가는데
할머니는 젖을 가리지 않았다
나하고 눈도 마주치지 않았다
자식내기하느라 주름살 많은 젖은
아래 뱃구레마냥
형편이 없이 빈약하다
여자는 그 살가죽을 쭈글쭈글 민졌다
가슴은 새가슴, 아 사나운 것
옹골옹골 모인 갈비뼈
그 안에 심장도 역사 그런 것도 있을 것이다
피해 갈 것도 아니요
고개 돌릴 일도 아닌갑다
분무기가 매미 울던 앞 들판 햇심이 풀리고
할머니와 뚝 떨어진
찔레낭구 밑에서 옷을 벗었다

108

할망구는 한번도 눈길을 돌리지 않고
슬그머니 일어나더니 오 가엾어라,
늙은 새마냥 젖은 옷을 입은 채
둑 저쪽으로 사라져 간다
휘청거리는 할망구는 혼자
물을 뚝뚝 떨구며 논으로 걸어간다.

제3부

리틀보이
제1장

1

히로시마 미쓰비시 조선소 경계 바깥
모래풀들이 바닷가로 가다가 멈칫
자신들의 뿌리와 잎의 촉수를 멈춘
한적한 바닷가, 조용한 모래밭 한쪽 양지

'아, 우리는 전력공급의 노동력 제공자들!'
소년의 삼촌 이옥장은 한탄하였다.

1945년경은 조선에서 450만, 일본으로 150만,
군 요원으로 30만, 징병으로 23만,
위안부로 14만 도합 700만 인구가 동원,
민족이 말살되고 있는 조선의 벼랑이었다.

이옥장은 만주 관동군 주관의
징병 바람을 피해 지청천 휘하에 있다가
미쓰비시 조선소로 들어온 자신의
운명이 아득하게 바라보였다.

그 운명에는 아무것도 나타나지 않았다.
손수건 하나 깃발 하나 없었다.
자신의 꿈은 이루어질 것인가.

유원지 미야지마가 멀리 떠 있는
가녀린 하늘을 바라본다.
폭염에 밀려 나간 하얀 구름띠가 흩어진다.
저 평화로운 하늘 속에서
오늘도 적기가 나타날 것이다.
그 미군기들이 이제는
적기로만 여겨지지가 않았다.

문득 머리 위를 날아가는 갈매기들
네마리인가 싶으면 세마리
세마리인가 싶으면 어느새
일곱마리 여덟마리가 되는
고양이 울음소리 같은 그 울음소리가,
이옥장의 아득한 귀청을 찢어놓았다,

날카롭게.

내륙으로 날아가는 일은 드물다.
비나 폭풍이 오기 하루 전에
아니 어떤 이들은 열흘 후의 일기를
갈매기는 안다고 하였지……

이옥장의 키보다 긴 날개가
왠지 팔베개하고 누운 이옥장에게
해방감을 불러일으키면서도
달갑지 않은 느낌을 강렬하게 던져주면서
끼룩끼룩 햇빛 속으로 사라졌다.

너무나 투명한 한낮의 하늘
그는 문득 전쟁 속에 있지 않았다.
갈매기들은 어디론가 빨리 날아가야만 하는
마치 어떤 혼백들과도 같았다.
그래서 온몸은 긴장과 소름으로 굳어졌다.

그 이름이 없었다면 이옥장은
이렇게 주머니에 넣고 있진 않았을 것이다.

미군들이 뗠군 것이라면 분명히
손길수라는 어떤 조선 사람이
미국에 있다는 말이 되는데,
도대체 손길수라는 사람이 누구일까?
과연 실존하는 사람일까?
미국 내에서 항일하는 사람일까.

이옥장은 삐라를 태우고 나서
하늘 저 높은 곳에서
실낱같은 물방울들이 깨어지는 환상을 보았다.
어쩌면 그것들은 사람이고
어쩌면 그것들은 언덕을 쌓아 올리는 개미들이고
어쩌면 그것은 고향 조선일지도 모를 일이었다.

아득하기만 한 그곳에서 이곳은

이곳에서 그곳은,

인간이 어쩌지 못하는 무서운 절벽임이 틀림없다.

이옥장의 손가락에 끼인

작은 쇠반지가 햇살에 반짝였다.

이옥장은 다시 눈을 감았다.

한 사람 한 사람 얼굴을 떠올려보았다.

구례 아저씨, 조카 중휘, 도쿄 양사형 선생, 그의 누이 하나

부민 조장, 기중기를 파괴하는 것이 꿈인 김동지, 목수 노 씨

히로시마 형무소에 갇힌 강 선생, 에나미 고사포대에 드나드는 이 씨

구레광산의 오 씨, 화약취급자 김 씨, 구루마꾼 최 씨

전기회사 한 기사, 항공대 공사장의 하 씨, 동양공업의 양 씨……

'하나를 만나야겠군'

그때 조선소에서 기중기 돌아가는 소리가
등 뒤에서 요란하게 울려왔다.

이옥장.
조선청년동맹의 히로시마 미쓰비시 조선소의
책임자 이옥장은 거대한 조선소
선가대 쪽으로 사라져 갔다,
긴 팔을 처억 늘어뜨리고.

2
우리 가족은 1936년까지는
소농으로 합천에서 살았다.
이듬해 친구를 따라 일본을 갔다가 온 이웃집
남정네 말을 듣고, 이윽고 아버지는
합천 산과 집을 떠나기로 결심하였다.

아무리 살 궁리를 해보아도 조선에서

기대고 살아갈 일거리와 희망이 없었다.
뼈가 부서지게 농사를 지어보았자
소작농으로서는,
식솔들의 목구멍 풀칠은커녕
마누라 앞가림도 제대로 해줄 수가 없는 것이
눈에 불을 보듯 빤한 일이었다.

농량대에다, 비료대에다
영농비에다, 종자대에다, 농우사료대에다
고리자에 도저히 살아갈 힘이 없었다.
천하의 무지렁이가 농투산이라지만
아버지로서는 더 참을 수가 없었다.
지겟작대기로 개울 봄얼음 깨듯이
그해 농사로 빚잔치를 하였다.

가을은 가고 부엌물 어는 동삼이 왔다.
사음배들은 지주와 깍짓손을 하고
소작권해제통지서를 보내어

명년부턴 작료를 더 올려 받기로 하였다.

마을이 떠들썩한 한겨울이었지만
아버지는 가지에 눈을 뒤집어쓰고
봄을 기다리는 겨울 움처럼
일본으로 건너갈 생각에 잠겨 있었다.

지난가을 힘겨운 추수가 끝나자
만주로 정처 없는 길을 떠난
이웃들이 한두 집이 아니었다.
만주는 토질이 비옥하여
수수가 개 꼬리만 하다느니
주인 없는 땅이 끝이 안 보인다느니
개간만 하면 모두 내 땅이 된다고
그들은 부푼 꿈을 안고 북간도로 떠나갔다.
나는 그때 갓난아이였다.

나로서는 어머니 말이 역사였다.

사실 5년 전 일본에 가서 사는
외삼촌의 편지를 몇번 받고 나서
아버지는 고향을 떠나기로 결심을 하였다.
할아버지에게 넌지시 비치었지만
할아버지는, 나는 고향에 남을 터이니
너희들이나 가 살으라고 돌아앉으셨다.

징용이다, 보국대다 해서
난리 법석을 떨며 강제 동원된 청년 학생들이
수년 만에 돌아와 본 고향 산천은
이미 옛 조국의 고향이 아니었다.
그들을 기다리고 있는 일자리는 없었다.
허탈하고 지치고 파괴된 모습은
늙은 어머니의 젖가슴과 다름없었다.

친구들이, 일본이다 만주다 하고
떠나는 것을 본 아버지는
일본을 선택하였던 것이다.

아버지는 아저씨의 목수일을 배워볼까 했었다.

결국 우리 집은 히로시마 근교의
가까운 구레 쪽으로 이사 가게 되었다.
그곳에서 해군금속주식회사에 배속되어 있는
고향 사람 노 씨를 알게 되었던 것이다.

아버지는 구레에서
노가다도 하고 넝마도 하고 변소도 치면서
십년 세월을 보내고 있었다.
나는 소학교 2학년 하급생이었다.

그때, 중국과 일본이 싸우고 있었다.
모두들 일본이 이긴다고 노래하였다.
조선 사람은 일본과 어깨를 나란히 해서
동양평화를 위해 동무가 되자,
같이 나아가자, 이런 노래였다.

헤이그 국제협정을 유린하고
일본은 비열하게도 전쟁을 일으켰다.
끔찍하게도 대동아전쟁을 일으킨 것이다.

승전에 승전을 거듭할 때였다,
싱가포르를 함락했다고
아이들에게 계란만 한 공을 하나씩
학교에서 나누어 주었다.

아이들은 고무공을
땅에 튀기면서 철없는 노래를 하였다.
홍콩, 싱가포르, 태국, 월남에
대일본 우리 황군이 점령, 진주하면서부터
대동아 단결과 평화는 곧 온다,
젊고 늙은 선생들은 모두 아이들에게
대동아공영권은 이 공처럼 언제나
튀어 오른다고 가르쳤다.

그러나 1942년 4월
도쿄와 나고야에 미군기 폭격이 시작되면서
일본 본토는 공습기 소리에 휩싸였다.

세월이 이상하게 바뀌고 있었다.
특히 1942년 6월 미드웨이 해전에서
처절하도록 참패한 일본은
산호해 해전, 솔로몬 해전에서
무참하게 괴멸하기 시작하였다.

과달카날섬에 미군이 상륙하였다.
또 1943년 야마모토 해군대장이 전사하였다.
섬나라 일본이 가장 믿고 있었던
해군력의 주력인 큰 군함들을 거의
잃고 말았다. 발톱과 이가 빠진
아시아의 늙은 고양이가 되어갔다.

이때에도 일본은 승전하고 있다고

라디오방송을 계속하였다.
아무것도 모르는 일본 민중들을
호도하고 기만하였다.

민중들은 앵무새들처럼
얼빠진 구호들을 정신없이 외쳐댔고,
강단과 교실에서 학생들은 새끼 고양이들이
되어가고 있었다.

도조 내각은 총력전을 내세워
모든 공장을 군수공장화하였다.
일본 민중들은 파탄의 구렁 속으로
자신들도 모르는 사이에 빠져 들어갔다.

그 무렵 조선에서는
공습경보가 잦아지고 전국이 술렁거렸다.
정보와 판단이 어두운 관원과
조선 식민지 백성들 중의 일제 앞잡이들은

일본이 먼 곳으로부터 무너지고 있다는
엄연한 사실을 모르는 채
대화혼, 미축귀영만을 외치면서
시민, 학생, 농민, 노동자들을 선동하였다.

그들은 거들먹거리면서 살았고
불온한 사상가들을 수사하였다.
일본 패전은 꿈에도 생각지 못했다.

한성 조선총독부의 총독 고이소가
일본 내각총리로 올라앉게 되면서
간간이 서울 상공에 나타나는
공중요새 사발비행기는
구름 위에서 은은한 비행음을 남기면서
황해도 하늘 쪽으로 사라지곤 하였다.
미군기들이 일본, 남동해, 남조선 하늘을
완전 장악하고 있었다.

일본은 제공권을 미군에게 빼앗겼다.

그들은 본토를 지켜야겠다고 판단했다.

그들은 총군사령부와 항공총군사령부를 설치하고

만에 하나, 미군이 본토에 상륙해 들어올 땐

최후의 한사람까지 남아서

죽창으로 적을 무찔러야만 한다고

남녀노소 모든 황민들을 괴롭혔다.

미군기가 히로시마와 구레 하늘을

날아오면 올수록

죽창 훈련이 심해지면 심해질수록

조선 사람과 일본 민중들 생활은 처참했다.

먹고 입고 쓰는 생활이 거지나 다름없었다.

히로시마역을 지나가는 시민들의 모습은

어느 누구 하나 반듯한 옷차림이 없었다.

얼굴은 남자 여자 아이 어른을 막론하고

못 먹어 부황이 든 얼굴들이었다.

그런데도 자못 일본 사람들 중에는
허황한 대화혼으로 세뇌되어
미친 사람처럼 들떠 있는 자들이 많았다.
그들의 영원한 꿈은 마치
대동아공영권을 이루어 대일본제국이
이 지상에 건설되는 일만이
아시아를 살리는 길이라고 믿고 있었다.

식량난이 심각해지자 일본 민중들의
달랑거리는 단고 바지는
점점 풀이 죽고 헐렁해지고
식민지 백성인 조선 사람들에게는
졸라맨 허리띠가 반양식이었다.

4
아버지는 말이 없으셨다.

아침에 일찍 나가서 저녁별이 돋아서야
집으로 돌아오시곤 하였다.

구루마를 마당에 세워두고 아버지가
발을 씻는 소리가 나곤 하였다.
어린 나로서는 우리 아버지가 왜
이렇게까지 늦도록 다녀야 하는 것인지
잘 이해가 되지 않았다.

거리에 나오면 동네와는 달랐다.
민족적인 차별과 수모가 심했다.
조선 사람을 조센징, 하고 부르는 말에는
일본 사람보다 감정 지식 이성이 낮고
청결하지 못한 백성이라는 멸시가 박혀 있었다.

조센징한테는 마늘 냄새가 난다,
조센징들은 당쟁을 일삼는다,
조센징 아이들은 예의가 없고

그 애비 에미를 닮아서, 잘 가르쳐야 한다,
조센징들은 우울해 보인다, 의심이 많다,
조선 사람들은 손가락질을 받았다.
그것은 능멸이었다.

일본 땅에 발붙이고 사는 것이
마치 큰 은혜를 입고 사는 것처럼
주권과 국가와 농토를 잃은 식민지 백성의 설움은
차마 뼛속을 후벼내는 치욕이었다.
그러나 밥을 떠 넣는 입에는 조국도 제국도
따로 있지 않았다, 살기 위해서는
무슨 일이라도 해야만 하였다.

어이, 엿장수 어디 가는 거야.
처음에는 농인 줄 알았지만,
자식 앞에서까지 일본 사람들이 내뱉는 그 말이
참괴하여 참을 수 없었다. 참을 수 없었지만
그들의 시야에서 사라지는 길밖에 없었다.

항변했다가는 어이, 이 조센징이?
하고 벌건 대낮에 구타를 당하고
어처구니없이 뺨 맞기가 일쑤였다.

무슨 짓을 하고 돌아다니느냐,
일본 땅에서 못된 짓 꿈꾸지 마라,
일본이 조선을 보호하고 키워주는 것을
너희들은 다행으로 여겨라,

조센징이란 말이 그런 뜻으로 들릴 때는
이미 일본에 온 것이 후회스러웠다.
그 후회는 깊은 병이 되었다.

조선엔들 일본놈들의 행패와
동족끼리의 아귀다툼이 없을 리 없겠지만
처자식을 데리고 돌아가고 싶었다.
언제나 고향은 돌아가고 싶은 곳,

아버지의 마음은 천진무구한 아이의 마음이었다.
어머니의 마음을 기리는 곳이었다.

자신의 수모야 참는다 하겠지만
창창해야 하는 아들 중휘의 앞날이
애비보다 나아질 리가 더는 없을
참괴스러운 세상을 만나 산다 싶었다.
민족적인 수모를 애비가 참는다면
그러면, 진정 아들에게 앞날이 있겠는가.

비록 식민지 백성일지라도
조선 땅은 역시 조선족의 땅이 아니겠는가.
조선 땅이 왜놈들의 땅은 아니지 않는가.
조선에서 살 때 느끼지 못했던 주권이란 것이
나라가 없어지고서야 그것이
언제나 맘껏 마시는 물인 줄을 알았다.

공습경보가 있던 무더운 복날이었다.

아버지와 나는 지하 방공호 속에서 만났다.
미국놈들처럼 기형적으로 생긴 모기들이
물이 고여 있는 한쪽 구석 위에서
긴 다리를 주체치 못하고 허공에 늘어뜨리고
징그럽게 날아다니고 있었다.
그것들은 마치 흐물흐물 춤추는 것 같았다.

헐레벌떡 뒤늦게 뛰어 들어온 아버지는
나를 보자마자 숨을 몰아쉬면서 손을 잡았다.
나는 거리에서 아버지를 만난 것이 기뻐서
아버지에게 여러 가지를 물어보았다.
그때, 눈이 반짝반짝 빛을 내는 사람이
아버지한테로 다가왔다.

"어이, 조센징" 하고 아버지를 불렀다.
아버지는 각반을 찬 그 사람과 눈이 마주치더니
가지고 들어온 수탉을 들고
빛이 들어오는 입구 쪽으로 끌려갔다.

그곳에서 비행음이 세차게 들려왔다.
이 구덩이 속으로 폭탄을 집어넣을 듯했다.

아버지는 푸드덕거리는 닭을 든 채
돌아다보았다, 그 자리에 있으라는 뜻이었지만
나는 나도 모르게 사람들을 헤집고 따라갔다.

그 각반이 아버지의 정강이를
한순간에 몇번 걷어찼다, 나는 눈을 감았다.
몹시도 아플 텐데 아버지는 야마모토 선생처럼
차려 자세로 서만 있었다.
수탉은 저쪽으로 내던져 있었다.

아버지 등 뒤에 가 서 있던 나는
턱이 박달나무 토막 같은 각반과 눈이 마주쳤다.
각반은 나를 내려다보고 웃더니 얼른
조센징다운 행동을 해야지 조센징들은
하나에서 열 가지를 가르쳐야 하나

조선말을 섞어서 쓰라는 일본말이 아니야,
그는 손으로 아버지 배를 쿡쿡 찔렀다.

아버지는 꼼짝하지 않고 서서
각반이 주는 수모를 주는 대로 모두 받고 있었다.
바닷가 쪽으로 날아가는 폭격기들이
지축을 흔드는 소리가 심해지자
각반은 불안한 표정으로
우리 부자를 풀어주었다.

그날 밤 나는 비로소 아버지로부터
우리 가족은 식민지 조선 백성이라는
1등 국민인 일본 사람들과는 다르다는 말을 듣고
내가 정말 2등 국민조차 못 될지도
모른다는 절망감과 함께
이해할 수 없는 수많은 생각들이
나의 머릿속에 스쳐 지나갔다.

소년의 가슴속에 하늘이 보였다.
나는 조선의 찬란한 밤으로 돌아가는
작은 그믐달이나 초승달처럼
위태로울지라도 가야 할 곳으로 돌아가야 하는
한을 가지는 아이가 되고 있었다.

아버지가 방공호에서 나와서
나를 껴안았다. 그리고 아무 말 없이 걸었다.
집으로 돌아오는 길에서
나는 아버지의 거칠고 큰 손을 보고
겨우겨우 분함을 참았다.

왼쪽에서 나를 감싸듯 하며
걸어가는 아버지는 아무 말이 없으셨다.
아버지는 내가 모든 것을 알 것이라고
여기고 있는 것을 알았다.

이튿날이었다.

나는 들판에서 노고지리를 잡았다.
옹노를 쳐서 반나절을 싸웠다.

반나절을 기다려서 잡은 일본 노고지리,
수수만년 일본 산 밑에서 알을 낳고 새끼를 치고
푸른 하늘을 날고 어른이 되고
다시 짝을 지어 알을 낳고 알을 품어,
자신의 또다른 생명을 부화해왔을 아름다운
히로시마 해변가의 노고지리

일본 사람들과 섬의 기후와 햇빛, 바람, 벌레와
함께 살아온 한마리의 노고지리,
어쩌면 일본 사람들보다 더 오랜 시간을
살아왔을지도 모르는 노고지리였다.

나는 노고지리를 가지고 놀다가
부부가 가꾸고 있는 참외밭을 지나치고 있었다.
몸빼의 부인이 나를 불러 세웠다.

부인은 곡괭이에 몸을 의지하고 서 있었다.

애, 그 새를 놓아주려무나,
하나님이 기르는 새를,
아무도 그 새를 잡아서는 안 된단다.
부탁을 하는 몸이 작은 부인은
어머니보다는 젊어 보였다. 나는 문득
정신을 차리고 도망을 쳤다.

"여보, 저 아이 조센징 아이 같아요.
말을 듣지를 않네요" 하는 소리가
뛰어가는 내 등 뒤에서 따갑게 들려왔다.
나는 등골이 허물어지는 것 같았다.
결사적으로 뛰어 샘물이 졸졸 흐르는
산모롱이를 돌아서서 걷기 시작했다.

정신이 나간 부인이었다.
이놈을 잡으려고 얼마나 뛰고 기다렸는데.

해군훈련장이 보이는 언덕을
나는 타박타박 걸어 내려가고 있었다.
햇살이 온몸에 옷을 뚫고 살갗에 닿았다.

풀벌레가 울고 산은 말이 없었다.
병사들은 땡볕 아래에서
긴 총을 들고 뒤로 돌고 앞으로 나아가면서
쓸데없이 허공을 찌르고 땅을 찌르고 있었다.
어리석은 그 짓거리를 계속 반복하였다.
모두 장난감 병정들처럼 보였다.

따가운 햇살이 눈 속에 들어왔다. 순간
문득 노고지리를 죽이고 싶었다.
돌을 들어서, 노고지리 머리를
땅바닥의 돌에 대어놓고 내리쳤다.
머리뼈가 으스러지는 소리가 났다.
꽁지와 가느다란 다리를 잠시 떨더니
이윽고 날개가 처지면서 머리를 떨궜다.

아무런 생각 없이 나는
일본 해군들이 매일 매시
바다로 걸어 나가는 길에다가 그것을 묻었다.
노고지리가 살던 산과 나무와 하늘을 올려다보며
나는 중얼거렸다, 나 자신도 모를 말이었다
나는 일본을 길에다 묻었다.

나는 휘파람을 불었다,
김이 무럭무럭 나는 밥을 생각하였다,
해가 서산 나뭇가지에 걸린 저녁나절
모든 것이 아늑한 저녁으로 달려가는 시간,
소년만이 간직할 수 있는 비밀을 하나
가슴 깊이 간직하고 집으로 타박타박 걸었다.

멀리 수평선이 가슴까지 부풀어 올랐다.
반나절을 들에서 그 노고지리를 잡느라 뛰어다닌
나는 배도 고팠고 다리도 아팠다.

검게 그을린 화덕 앞에 웅크리고 앉아

불을 때는 어머니 모습이 보였다.

조선에서 온 쌀로 어머니가 밥을 하고 있었다.

등을 돌리고 움직이고 있는 어머니가

아름다운 저녁 무렵 때문인지

지금 막 조선의 어머니 고향에 도착하여

소꿉장난을 하고 있는 소녀 같아 보였다.

나는 어른이 되고 있었던 것이다.

* '서장'과 '종언'을 포함해 총 7장으로 이루어진 장시 「리틀보이」의
   제1장을 수록했다.

여치

벌레만 한 어둠이 풀밭에서 호드기를 불고 있다 한낮 잔
덧대의 눈물이 마르듯 울음은 작게 작게 이어지다 끊어진
다 가까운 공기로 건너오는 희미한 불빛만 반짝반짝 흔들
린다 어떻게 내가 아픈 벌레 몸을 가졌는가 풀밭에서 이 울
음만 얻고 풀잎에 이슬만 한 나의 이 호드기 풀빛 울음소리
만 길을 가고 있다 누가 나의 이 생사를 듣는다고 이젠 입
술이 찢어져 피가 흐른다 잠시 울음이 끊어진 뒤, 나의 시
는 영원한 불구의 몸을 두고 미명까지 가는 저 목숨의 울음
을 따라가지 못할 것이다

산비둘기

숲 위를 쑤욱 솟아올라 소리 없이 날아간다
쫓아가지도 쫓기지도 않는 아고산 외비둘기는
오리나무 몸을 닮은 바둑비둘기 한마리
휘얼, 휘얼 곡식과 잡초씨 주워 먹고 돌아오지
저 몸 슬픈 일도 없고 즐거운 일도 없지
나야 서산에 해가 떨어지니 내려오는 것이고
너야 들에 산그림자 내리니 돌아오는 것이지
멀뚱해라, 나는 계곡에 서서 너를 바라보는데
너는 한번도 돌아 안 보고 날아가고 있구나
산처럼 살아가는 아고산 비둘기야 잘 자거라
우리는 각자가 다른 곳에서 아침을 눈뜨지
평화롭게 푸드덕, 푸드덕 집에 돌아가는 사람
눈 감는 저녁 궁릉이 산문에 싸리울을 치누나

영랑(永郎) 호수*

시계가 없는 밤이 깊어지고
커다란 밤의 거울 속에
큰 산 하나가 떠 있다
그 바닥의 물의 세계엔
물새들이 한잠도 자지 않고
새로운 물소리로 밤을 새고 있다
고요한 밤이 시끄럽다
첨벙, 꾸르륵, 탁탁, 푸드덕,
오직 그 소리만 들려온다
새들은 밤잠이 없이
커다란 밤의 하늘 속에서
인간들이 알지 못하는
밤물결 사이를 살고 있다

* 속초시 장사동의 사진리 서쪽, 울산바위 동쪽에 있는 석호. 미시령
아래 학사평의 개발로 호수는 오염되었지만 아직도 철새들은 내
유년의 이 호수를 찾아온다.

내린천에 띄우는 편지

인제 하늘에 찾아온 저녁이 세상에서 가장
조용하다 돌들이 물에 씻겨가는 둥근 마음들
달빛들과 물 위에 모여 앉아 소곤거린다
자그마한 반딧불을 피워놓고
금강초롱꽃의 연애를 흉보면서, 그 꽃이 그래도 이 세상
에서는
가장 아름답다고 두런거리는 말들이
갑작스레 음악이 되어 달구름 흐르는
새벽하늘 속으로 숨는다
가만히 풀잎들이 물결 소리를 듣자니,
깊은 산속에 사는 한 소년의 들창 처마에
내일 아침에 필 나팔꽃에 이슬로 내린단다
저 안개도 어둠도 아닌 밤을 뚫고 내린천아
내가 어떻게 너에게 다가갈 수 있겠니?

성에꽃 눈부처

일월 아침 얼음빛 하얀, 성에꽃 흘러내린다
저 슬픈 마음 네 눈동자 속에서 흐른다
낙화를 슬퍼한 옛 시인들아, 나는 오늘
그 성에꽃들이 물이 되는 소리를 듣는가
반짝이는, 말 없는, 붙잡을 수 없는 은빛 잎
창밖은 모래알이 떨고 있는 추운 아침
가질 수가 없으므로 살아 있고 아름다운
하늘과 마음만 얼지 않은 일월 한가운데
추위를 껴안고 함께 밤을 꿈꾼 소년아,
너에게 모두 보여준 만다라를 다 보았니
해가 마당에 찾아오고, 성에는 흐르는 아침
동햇가 그 엄동설한을 잊지 말고 살아라
이불을 어깨에 둘러 감고 바라보던 창얼음
물이 되어 흐르는 은빛 부처, 찬란한 햇살
그때 내겐, 성에꽃을 부를 이름이 없었다

바쁨 속에 가을 하늘을 쳐다보다

눈을 부릅떴던 모든 것이 세월이 가면서 부드러워지는데 너는 시간이 가도 그렇지가 않다 모든 것이 모든 것을 용서하고 손을 잡는데 너는 북쪽 하늘에 박혀 있다 일년에 한번은 북극성을 중심으로 한바퀴 거꾸로 도는 너처럼 뭔가를 우리도 도는 모양이다 캄캄한 하늘 속에서 너는 어떤 인성처럼 머리가 아래로 박히고 다리가 공중으로 들려서 도는 것인가

어린 시절엔 네가 암흑 속에 빛나는 반가움이었는데 너는 언제부터 다다를 수 없는 세상이 되었다 나뭇가지 삐걱흔들리는 초라한 도상에서 너를 본다 오래된 것들은 모두 눈을 감고 즐거이 사라져가는데 너는 눈에 반짝이고, 이 지상은 어디쯤인가 너무나 먼 곳을 조금씩 움직이며 가고 있는 북쪽 하늘, 소년이여 가을 하늘을 쳐다보니 영글은 추수도 슬픔인 게 내 저 별들을 몰라서리라

정자가 사람이 될 수 있는가

누가 그 사실을 믿는다고
몸 아주 깊숙한 곳에 받아 감아 넣고
하나의 작은 언어처럼
같이 사는 사람도 모르게 길러
태어난 꿈들이
몸에 생긴 벌레 같은 것들이
저렇게 다 커버린 나의 아이들이었다니.

무지한 목숨의
조용하고 차갑고 어두운 곳이라
정낭 속에서 고물거리며
한때 마음을 그토록 못 견디게 간지럽히던
그 얼굴 없는
꼬리 달린 병균 같은 정자들이었다니
아이고 하느님, 부처님.

어둠속의 풍악호

나는 지금도 금강산에 가고 싶어하지 않는 것 같다
저 배를 타면 정말 금강산에 가는 것인가
망망대해를 향해 어둠속으로 사라지는 그들을 본다
나는 저 먼 서울 텔레비전 앞에 노인처럼 쪼그리고 앉아
그들이 북으로 저렇게 간단히 가더라도
저 유령선 같은 공개적 밀월을 믿지 못했다
그들의 야간 해상 여행은 현란한 허무 같다
동해안 모든 사람들이 빛과 일을 잊고 잠들어가는데
난리 난 듯 불을 밝히고 저들은 지금 어디로 가고 있는가
실패하지 않은 세상을 찾아가는 것인지
나는 며칠 뒤 그들이 꾸고 오는 꿈을 믿을 수가 없는가
나는 죽은 단천 사람들의 공동묘지처럼
미래와 과거에만 저 배의 아름다운 불빛에 승선할 수 있
을 것이다
하지만 지금 내가 일방통행하는 저 배를 탈 수 없음은
어떤 가닿지 못한 사람들이 있기 때문 아닐까
저들의 여행은 현실이 아닌 가상처럼 바라보인다
더 그립지 않고 가슴속의 피를 토하지 않고는

우리만이 저렇게 금강산을 쉬 찾아갈 순 없는 일

죽은 사람들과 가고 싶은 바닷길에 술과 노래와 풍악을 신고

처자식과 가장 가까운 친구들과

나는 맨 나중 저 만경창파 동해를 가로질러

북의 금강산에 가고 싶지만, 아무래도 나는, 나는

저렇게 신기루 같은 풍악호에 몸 실을 순 없는 일이었지

중

어떤 시인도 나에게 콤플렉스는 아니다
나의 콤플렉스는 오직 이들뿐이다
소 똥과 오줌으로 약을 삼으며
남들이 입다가 버린 걸레로 옷 해 입고
똥막대기에 해골을 꿰 어깨에 메고
방방곡곡을 돌아다니는 자가 못 되더라도
나무 안경을 쓰고 어느 산골에
오직 경 하나와 옷 한벌로 세상을 보고
가만히 살아가는 겨울 산과 같은
중, 그 중이 왜 이렇게 부럽게 되었는가
오, 중이여 막대기 하나와 옷 한벌과
신발 한짝 모자 하나로 떠돌거나
한 방에서 한발짝도 나서지 않는 중이여
육식을 하지 않으며 산속에 살고
바람 속에 잠이 드는 저 불굴의 중이여
내 생은 내 육신 속에서 죽어가
이젠 영영 다다를 수 없는 길이 되었는가
어떤 사랑도 꽃도 나의 적은 아니었다

154

광양제철소
1998년 10월 29일 견학

세계 최대의 광양제철소 압연장으로 들어간다.
거대한 물체가 덜컹거린다. 그 소리가
작은 가슴에 아주 두렵고 화급하다.
인간의 기척이 없는 난간 아래를 내려다본다.
뜨겁고 메마른 공기가 기도를 가로막는다.
검고 뻘건 무엇이 거친 숨을 쉬며 앞으로 달려온다.
나는 그것이 쇠라는 것을 알았다.
저 형상은 난생처음 보는 거대한 죽음과 같다.
컴퓨터는 쇠를 사정없이 두들기고 있고, 그는
무너질 듯한 자신을 침묵처럼 지키고 잠시 있다
기관차 머리 같은 거대한 기계로 다시 돌아간다.
가쁜 숨을 쉬고 빠른 속도로 레일을 타고
쿵쿵 둔중한 소리를 지르며 내 앞에 또 멈춰 선다.
나는 넋을 놓고 높은 난간에 서서
가슴을 떨며 처음으로 쇠의 고통을 들여다본다.
하늘에서 치는 천둥 같은 소리가 계속 울린다.
뭔가를 찾아 살아온 나에게 이 광경은 놀라움이다.
순간 기계 속에서 물줄기가 쇠의 온몸으로

쏟아져 내린다. 물은 소리치며 허물을 벗는다.
나는 이렇게 중얼거리게 되었다. 저것이 쇠란 말인가.
우리나라 산업이 여기까지 온 것을 보고 있어도
공포의 제철은 믿어지지가 않는다.
찬물로 담금질되며 숨죽이는 쇠를 내려다보면서
영혼과 육신이 한방울 물처럼 날아가고 있을 때
전율 속에서 다시 철의 포효를 듣는다.
고통스러울지라도 우리는 다시 태어난다는 생각에
이 동굴은 세상 사람들이 찾아야 할 곳
누가 저 앞에서 목숨의 흔적을 찾을 수 있을 것이며
무시무시한 제련의 곤고함을 알겠는가.
철은 어떻게 만들어지는가, 하는 질문은
저 제철의 광경이 설명할 수 없는 것임을 알게 한다.
나는 작은 오만과 자존의 핏덩이일 뿐
거짓과 허구의 구름이 피어나는 세상을 등지고 본다.
오장이 막히고 온몸이 금강신이 되는 듯한
신음과 수증기가 뒤섞인 남해 광양제철소
집채만 한 저 시뻘건 육신의 쇠를 따라간다. 그리고

나의 눈은 지친 몸을 이끌고 지금
장엄한 압연장을 찾아오는 태양의 길을 본다.

작은 칼

　장(臟) 속으로 은손을 넣어 잎사귀를 펼쳐줍니다 멀리 있으면 내 유년의 아침 동해를 달려가는 햇살로 고쳐줍니다 아기 손보다 작은 은손이 그의 눈먼 장 속 한조각 통점을 찾아냅니다 그러면 하늘 속으로 사라지는 은촉이 되고 나는 만년설의 능선을 넘는 햇살의 망각처럼, 통증 없는 명료한 머리로 서울의 마천루 아침 그늘을 걸어가고 있을 겁니다 그는 이러한 나를 그리워할 것입니다 이빨 속에서 매미가 웁니다

청제비 울음소리

눈은 지열이 비늘처럼 날아다니는
염천을 내다보고 날아간다
눈을 땅에 무섭게 붙이고
술이 취한 듯 칼날처럼
망막이 부서진 채 견사망을 통과한다

그의 눈에 열리는 저 숱한 비늘들
그 사이를 날아가는 한자루의 목숨길
비늘들 다 몸에 붙이고
날아가다 어느 길바닥에 떨어져
자신의 눈을 벌레에게 주고 말아도

슬픔은 그때 청제비 울음을 탓하고
신은 하얀 망사를 아무도 모르게
걷어 올리리
아주 맑은 울음소리 끊어지고
나는 영 상관없는 책을 읽고 있으리

하류(下流)의 시

나의 시는 하류의 기러기들을 보고 싶어한다
또다른 나의 시는 기러기들의 저녁을 알고 싶어한다
기러기들이 날아가는 그 밑에 서고
그 날갯소리가 되고 싶다는 말을 하지 않는다

멀리 보면 비야(非野) 같은 모든 삶은 고통스럽지 않고
장난 같아 보여도 그러나 장난이 아니라면
이 또한 얼마나 유희가 못 되는 삶은 아찔하고 슬프랴

아니다 하늘로 솟은 플라타너스 우듬지로 날아오르는
검은 날개들의 실루엣이 아름답다 나의 시는
말하고 여기서 절망한다 날개들이 이룬 깃이
넘어가는 높이는 결코 높지가 않았으니

겨울의 황금노을은 가슴에 날카로운 금을 남기고
조금 뒤 어둠의 연기만 남긴다 할지라도
고통은 그 속에 숨는 것일 뿐
잠드는 연기 끝에 남은 재를 뒤적이며 나는

또 어쩔 수 없이 나를 나의 시에 영영 의탁하려 한다

하류를 떠나 어디론가 날아가는 몸들을 바라본다
하류처럼 내 강의 정서는 나날이 말라갈 뿐이다

나옹

오늘 천천히 보니

저 하늘에는 그늘이 없구나

그저 푸른 하늘만 사태사태 가득할 뿐

눈이 시릴 뿐

그만 그 하늘 속으로 들어가고 싶다

그리곤 쾅 문을 닫고

다시 내려오고 싶지 않구려

이 세상 좋다는 것 다 버리고

오늘 눈을 떠보니

어리석은 자는 저 앞에 혼자 절뚝이며

두 목발로 걸어오고

간신히 새 한마리 그늘을 달고 날아가는

맥 푸른 하늘 속

비명으로 질러 날아가는 파란 그늘 하나

줄기세포 사이로의 꿈처럼

거기 그의 작은

발목이 살짝 보였다오

꽃이 올라오는 나이테

눈이 녹으면 붉은 소나무 물관부에 수많은 물방울이
반응을 시작한다
그 속에 꼭 하나 상승하지 않는 한 존재의 꽃이 있다
꽃이 위로 넘치지 않으려는 것을 알고, 주인은
송아지 모양의 태아가 배꼽에서 올라가지 않게 누른다
모든 꽃들에게 길을 피해주는 한송이 미지의 꽃만
어지러운 가지 끝으로 나가 혼백을 열지 않는다
소철의 성에꽃처럼 운다, 꽃 한 존재를 가슴에 담고 서 있는
모든 꽃이 피어나고 말아도 결코 피지 않는 얼음의 언어
물관부 속에서 몸을 바꾸고 올라갔다 거꾸로 내려간다,
수많은 꽃들이 밖에서 몸을 다치는 순간에도
피어나 돌아가지도 사라지지도 않는 이빨 같은 돌꽃 하나,
붉은 소나무 속에 존재하는 저 부를 수 없는 이름을,
심야의 강설 속 목질부에 두고
한 존재의 꽃은 얼음백자처럼 하얗게 얼어붙는다
아 얼음 속에 꽃이 광음처럼 달려가고 있다

다시 비선대

이성선 시인에게

비선대(飛仙臺) 가면 길가에
살고 싶었던 물빛처럼 서 있는 서어나무 한그루

아직도 아리고 그리운 것 있어서
그 비선대 꿈길을 찾지만
이정한 저녁 능선 황금 빛살에 놀라
나는 정말 수십년 밖을 돌아온 산속 같다

얼마나 잘 살았는지
무엇을 쓰면서 왔는지, 부끄러움 어둠에 쓱 문댄 듯
자주색 서어나무 한그루만
잊힌 채 내 것도 아닌 저의 쓸쓸함을
바람으로 쓰다듬는가

이제 저 깊은 먼 산속에
너희들 환한 불빛 소음 더는 없을지라도
비선대 물소리만
새벽 돌밭을 기던 우리들 옛 노래처럼 쓰리고 쓰린

164

저녁산, 물들이다

아직도 처녀인 한그루 서어나무

우리 일생이 저렇듯 애타는 은빛 노을이라면
서어나무,
사랑할 수 있겠느냐, 저 산을 넘을 수 있겠느냐
얼굴 없는 서어나무 비선대 물가에 몸을 숨긴다

4월

죽은 것들이 돌아오느라
죽은 것들이 눈이 멀어 돌아오느라
줄기 부르트고,
꽃으로 애쓰던 잊은 것들 찾아오느라
살아 있던 날을 기억하려고
다른 '나'로 빠져나오려고
허연 죽음의 중심 목질부를 만지려고
물을 찾아 다시 움을 틔워 일어나느라
구름을 모아 문을 열고 달려가느라
접혔던 부분 하염없이 펴느라
가장 빛나는 생명의 꿈을 따르느라
좁은 길을 풀고
기억할 수 없는, 복제할 수 없는
형상을 입느라 자기 하나 옷을 만드느라
천지는 눈 시리게 숨 쉬기 바쁜,
안 보이는 이름을 찾아내느라
한줄기 목숨을 얻어 끊어진 길 이으려고
길을 대고 처음 생에 닿느라

아 이름 부르며 부스러진 티끌들 모아

안 지치고 기쁘게 찾아오느라

흰 모래의 잠

나는 오늘 저녁
불가로 나가 자겠습메

담요 한장 개켜 넣고 둘둘 만 가마니 끼고 나가
　바다 물색처럼 일없이 앉아 동네 여식아들 떠드는 혀를 누
워 만지면서 혼자 가마니 깔고 하늘 보고 앉았다 눕겠습메
　아무도 없는 길주 성전
　전봇대 하얀 애자들 징검돌처럼 달려가는
　사진리 같은 바닷가,

　여름 아침이 길기도 길고 덥기도 더웠다
　내 다리에 자꾸 걸치는 여자 바다 팽개치고, 나는 거지 아
이처럼
　내일 아침은 또 산보다 푸른 불바다
　함경산맥을 내다보고 올라가는 아침 거리, 동해 입술 속
에 솟는 햇살은 아흐, 오시럽겠다

　나 내일 함경산맥 보이는 함경도 바닷가에서, 해 미는 물

소리에 함경산맥 보고 얼른 일어났을까

나무처럼 자라는 나의 너의, 너의 나의 아이들아

도문(圖們)의 쥐

저 도문에서 보았다, 세상에서 제일 큰 변소를
대변소 안은 검은 흑을 처발라서 벽을 둥글게 올려붙였다
건너편에 옻 같은 검은 어둠이 숨어 있다
그 너머는 검은 신발들이 철퍼덕 걸어 다니는 곳
문명이 다 쫓아낸 걸인들이 이곳에 와서 숨을 붙인 듯
아이들의 똥과 숨어 눈 어른들의 똥이 밑바닥에 쌓인
곳간, 모든 인간의 불안이 배설된 곳
겨우 꼬부리고 앉아 시커먼 담배꽁초를 태우고 나온 곳
혼자 앉아서 끙끙대며 억장을 무너뜨린 곳
무시무시한 공기의 무게가 눌러대는 어둠속에서 나는
소변을 누지 못했다, 내 오줌보에 남은 오줌 끝을
남겨둔 채 뛰쳐나왔지만 그 불길한 한낮의
안개 낀 칠흑의 대변소를 뒤돌아서 간파하지 못했다
변소의 귀신이, 사상이 깊은 곳간 속에 있고
그것이 우리들의 엉덩이의 두 골반뼈 사이 한쪽으로
삐져나온 항문과 연결되어 있는 통로라는
사실을, 나는 까마득한 역사처럼 잊고 저 장기와 관계없는
안개 속에서 살아가는, 순명을 버리고 살아가는

것처럼, 회벽을 똥칠한, 어두컴컴한 도문의 대변소,
대변소 쥐들의 앞발이 면봉(綿棒)같이 아슬하게
덧난 상피조직의 흉터 같은 똥껍질들을 밟으며
천길 지하 밑으로 빠지다가, 먼 3층 회랑을 건너갔다
왔다, 나는 잘못 확신했다, 도문의 쥐들이
슬그머니 밤이나 낮에 나와 아픈 배를 쥐어 안고
높다란 난간 흙바닥에 틀고 앉아 뒤를 누고 있는
인류의 똥을 쳐다보고 연명했음을, 나는 화등잔처럼 눈을
뜨고, 돌아가지 못한 한 여성을 보았다
두만강가 둑 너머, 도문의 진흙귀신의 내장으로 처바른
구중궁궐 같은 대변소의 농무(濃霧)에 그만 눈이 먼 채로

달개비들의 여름 청각

낮달 아래 손 잘려 도회로 팔려 나간
둑 아래 청미나리 자랐던 무논 둑에 무리지었다
여름을 건너가던 달개비들이 물소리를 듣고 있다, 덩굴져
먼 저수지에서 해갈 방류를 하면
달개비들이 눈을 뜨고 꽃도 피우지 않고 물을 기다린다
차르르 차르르 한번씩 꿀꺽, 물을 끓는 소리
온통 달개비들이 넌출거리는 물 마시는 물소리 듣는다
푸르르 푸르르 진저리 치고 온 머리를 흔들어대며
헉, 헉 저 물달개비들이 얼굴을 묻는 여름 개울둑 아래
자신들의 날갯죽지 속으로 숨어든다 부끄러운 듯
물을 튀기며 물속 흰 자갈들 밟고 뛰는 햇살들
떨어질 듯 고개 깊이 숙이고, 해갈 속에 일제히 주먹을 쥐듯
그만 보라색도 아니고 백색도 아닌 큰 화개 위의
연하늘색 꽃총상들 눈 감고 꽃잎을 묶는다
조용히 있어야 집중되고 물이 올라온다는 걸 안 풀줄기들
물소리, 아 물달개비들 날갯소리, 여름의 물 아우성
고무판 노란 오리물갈퀴가 뒤로 회똑 뒤집히면서 앗
몸이 출렁여, 온 태양의 들판엔 물질이 한창이다

햇살 속에 입맛을 돋우는 푸른 혓바닥 달개비 발바닥
청각에 풀을 들이고 마디 푸릇한 달개비 생을 추억할 적에
달개비들 청각은 녹색 시각에서 피어난다
물마디 굵도록 기갈 속에서만 네 동그란 입술은 통통해져
달개비들 넋 놓고 물을 먹는다, 독한 초록의 뿌리들
양가죽빛의 목덜미를 하얗게 내놓고

육체의 시뮬레이션

여자는 내 머리 위의 도자기 새처럼
한 삽 남짓의 언어 같은 유골을 남겼다
너무 약하고 가볍게 떠나간다
바람의 부스러기들 같았다
치골 근처에 나타났던 그림자의 이름
이 놀라운 죽음의 변화,
여자의 육체는 아이들의 여자
여자는 산처럼 올라앉았다, 숨을 멈춘 채
여자는 주름진 히말라야 습곡
슬그머니 새의 간에 뿌리를 대고 있던
여자, 눈물을 찍어 대지에 뿌릴 건가
누가 여자를 이 대낮에 움직이게 했을까
사랑의 이름이 움직이기 시작한다
서서히, 어떤 거대 기아 속의
생의 불공정거래처럼, 울음을 터트릴 듯
잠시 살았던 남자에게
육체는 저녁 오로라를 펼쳐 보이면서
생의 모자이크는 산산조각 흩어진다

천천히 펼쳤던 부채를 접는다
아 이 현재 생의 놀라운 기법을 아는가
여자는 내 머리 위에 얹힌 자기
여자는 치마를 감싸 북극으로 사라진다

가재

그대 눈 속에 화염이 지나간다
큰 앞발을 높이 치켜드는 숭어 등 빛 돌들 사이에서
갑옷을 입은 무거운 기사처럼
그대는 자신의 더듬이가 나아가는 수면을 걱정했다
너무나도 섬세한 몸짓으로 부재의 불을 피한다
끔찍한 상상을 건드린 척추처럼 놀란다
맥반석보다 더 맥반석 같은 놈들의
거대한 집게발톱 그 뒤에 자신들도 모르게 붙은 몸체의
숭숭한 털 같은 다리들, 구부려, 본다 눈은
실은 이 감각기관으로 저 자연을 생존해왔지만
지금 그들은 상상 노을 속의 심장 속 일 그램 피는
칼끝에 닿는 절규처럼 타들어간다
그 끝에 죽음이 있다는 것을 어떻게 알았을까
가재들은 최초로 겁먹은 눈빛으로
물 밖을 내다보았다, 거기 공기들이 휘휘 화염처럼
저승사자의 음악을 켜며 수면을 지나가고,
지나가는 수면을 흔들어대자 수면은 출렁인다
아 불이다, 알 길 없는 불가사의한 불길

가재들은 전율한다, 나뭇가지와 수초가 흔들리는
것을 본 가재들, 불덩어리 가재들
말해, 우리는 어떻게 이 물속 돌 틈에서 살게 되었는가
이 작은 상류를 독식해 살았으나 숨을 곳이 없다
송장메뚜기 짧은 앞발 모양 입가의 작은 더듬이들,
쉴 새 없이 본능적으로 오물거리는 항문 끝의 작은 입,
수국잎보다 귀여운 헤엄다리들,
생식문과 항문 사이 배 바닥에 닥지닥지 붙은 물방울 알들,
더러운 비둘기 꼬리 속 꼬리지느러미를,
마지막 미끄러운 돌바닥에 끌면서 광속처럼 증발하는
저 가재들은 상류에서 절규한다, 통곡을 한다
우리는 이제 다시, 절대로 뒷걸음질 치지 못한다
우리가 왜 여기서 죽어야 하는가!
(고작 절규할 뿐이다 상상 절규, 나는 이 물속에서 내가
얼마나 재빠르고 아름다운 그림자들을 데리고
어디로 사라졌는지 감히 상상할 수가 없다)

나방과 먼지의 시

　푸드덕, 창문을 열자 나방들이 환몽을 치며 공중으로 날
아오른다
　잠 취한 나방들 부스스, 날개의 먼지가 사방에 흩날려 떨
어진다
　유성들의 빛가루와 분진들이 풀풀 날아가듯
　갑자기 방 안은 놀라운 잠에서 깨어난다 지친 생의 비듬들,
　우리가 이런 곳에서 잠들어 있었음에 나방들은 일제히
놀라고 있다

　나방들의 날개는 들깨꽃 같고 그 씨들을 안고 있는 씨방
같이
　자꾸자꾸 내 눈의 맨 끝에서 부스럭거렸다
　나방들은 공중에 안착할 나뭇가지나 처마를 찾지 못하고
작은 날개를
　어둠의 눈처럼 만지며 파닥이며 마냥 떠 있었다
　나는 퇴화한 나방들의 시력이 내 눈에 만져지는 것이 싫
었다 눈 속엔
　아무것도 없는 캄캄한 동공만이 열려 있는 아침,

나는 그 구멍이 허공에 떠서 날고 있다는 생각을 해보았다

나는 그날 아침 나방이 되었다 나방은 진화하지 못한 날
개를 털면서
전등을 찾았지만 등은 이미 자정에 꺼져 있었다
불빛이 사라지면서 그들은 어둠을 찾을 수가 없게 되었다
그러므로 그들은 날개를 파닥이며 공간 속에서 방황했다
찬란한
아침 햇살이 산속의 작은 분지에 들어오자
뜻 없이 밀친 커튼 뒤에서 뜻밖의 나방들이 먼지처럼 날
아올랐다
이것이 오늘의 나의 불행한 아침의 노래이다

나는 에르덴조 사원에 없다

나는 지금 에르덴조 사원에 없다
이 문장은 성립하지 않고 시상이 전개되지 않는다
나는 지금 에르덴조 사원에 없다는 말은
상상할 수 없는 걸 상상하므로 항상 제기되는 문제다
그러나 나는 에르덴조 사원에 있다
증명할 길이 없지만 나는 지금 에르덴조 사원에 있다
에르덴조 사원에서 에르덴조 사원을 생각하거나
나는 지금 에르덴조 사원에 없다고 생각하는 사람을
생각하려다가 생각을 못하고 놓친다
그들은 먼 나의 생각 사이를 교묘하게 빠져나간다
문장 성립은 둘째 치고 나는 늘 이렇다
나는 이 사유 자체의 어려움에서 벗어나지 못한다
나는 에르덴조 사원에 없다는 말이 꼭 성립해야 하는가
길을 가면서, 나는 혼자, 그 생각에 골몰한다
분명하게 말해서 나는 지금
에르덴조 사원이 있는 것처럼 에르덴조 사원에 있다
그래 에르덴조 사원에 내가 있다는 것은
에르덴조 사원이 없다는 것과 진배없다

나에게 에르덴조 사원이 있다는 것은 에르덴조 사원이
없다는 것과 동급의 문제로 제기될 수 있다
문제될 일이 아무것도 없다는 사실에 문제가 발생한다
허나 에르덴조 사원에 없는 내가 너무나 고독하다
음률을 맞추며 고통스러워하는 자의 행보
왜 나는 에르덴조 사원에 없는 나를 생각하고 있는가
나는 이 문장을 떠올리며 슬퍼한다
에르덴조 사원에 없는 나는 어디를 헤매고 있는지
그런데 그대여 왜 그대는 에르덴조 사원엔 없는 건가
나는 지금, 그때, 에르덴조 사원에 머물고 있어라
나는 정처가 없어서 나무처럼 외로워 보인다
나 없는 사막 입구의 산처럼 나는 하늘을 쳐다본다
에르덴조 사원의 하늘에 나타난 눈부신 구름처럼
나는 말을 하지 못하고 있는 것이다

너와 나의 밑바닥의 밑에서

가장 낮은 밑바닥에서 정면으로 볼 수 있다
가장 낮은 밑바닥에서 내 이름을 부를 수 있겠지
혹은 이름의 나를 불러낼 수 있겠지
너의 가장 낮은 밑바닥, 더 밑이 없는 밑바닥
배 바닥보다 손바닥보다 밑창보다 더 낮은 밑바닥
통째로 보여줄 수 있겠지 내 눈앞에
가장 낮은 밑바닥을 얻은 다음 그다음 다음번째
이 허공에서 울타리에 비가 치며 질척이는 날
혼자 너의 희디흰 밑바닥에 도착할 수 있겠지
내 검은 바닥을 너의 그 밑바닥에 대볼 수 있겠지
밑바닥에서 희디흰 밑바닥을 느끼기 위해
있는 힘을 다해 나의 밑바닥을 받쳐줄 수 있겠지
초고속으로 회전하는 흰 베어링처럼
콘트라스트여, 정말 내 밑바닥에 닿을 수 있겠니
가장 낮은 밑바닥에 붙은 하나의 미끄러운 미늘을
때리면서 흔들면서 건너가는 컨베이어벨트여
여기가 그 죽음이야라고 말할 수 있겠는가
나는 너의 가장 낮은 밑바닥에 거꾸로 걸려 있다

나는 가장 낮은 밑바닥의 안쪽에 겹쳐졌다

조금 비켜주시지 않겠습니까
달개비의 사생활 2

내 잎사귀의 모양만큼만 햇빛이 들어왔다 내 눈에
만져진 광량은 환했고 깨끗했다
지하에서 음지식물들이 자꾸 기침을 할 무렵
식물대는 찢어지면서 물들은 비명을 지르곤 했다
새가 날아간 듯 풀들이 놀라 눈을 뜨지만
그들은 아무런 장비가 없는 보호받아야 하는 존재들
구불텅한 달걀 외피 모양의 잎사귀뿐
아무리 수많은 햇살이 하늘에서 쏟아지고 있어도
내게 필요한 면적은 다만 나의 잎사귀 형상뿐
저 무량의 빛들이 다 받아야 할 건 아니다
내 줄기 속에 한줌쯤의 어둠이 있다고 말하지 마라
죽음이 숨어 있다고 예측하지 마라
나는 일년초, 나는 절대 너희와 월동하지 않는다
보라, 나는 죽어서 건너온다 너희에게
눈도 뜰 수 없는 딱딱한 땅속 겨울의 동결 속으로
돌아가리란 이것만 기억한다, 흙과 뿌리
한낱 생장점과 기억의 무늬들
언제나 내 잎사귀의 면적에만 햇살이 들이친다

그리고 가끔 어두워지고 밝아지곤 하지만
내 가느다란 피막이 감각의 구멍을 통해 느끼길
잠깐 여보세요, 조금만 비켜서주시지 않겠습니까

검은 백설악에 다가서다

　언제나 궁기가 있는 컴컴한 설악의 속초 겨울 담천 아래 한데,
나는 늘 눈 내린 금강송 밑에 다녀온 나그네 문청(文青)처럼 궁금
한 주민과 함께 연탄불에 마른오징어를 구워 먹는 꿈을 꾼다

　한줄기 바람을 뿜어내면 성채를 그리는 겨울 영혼
　가장 높은 곳을 두고 나는 능선에서 살았다
　한 사자의 관의 부피만큼의 눈처럼 내 영지에는
　골짜기로 눈 쌓여 날카로운 칼끝의 판화를 새겼고
　주목들은 처절한 절규를 허공에 내뱉었다
　너는 항상 그 지금의 시간에 도착하지 못한 채
　설악아, 이게 내가 가장 먼 곳에 와 있다는 증명서
　어느 목이 너의 정말 호명을 불러낼 수 있겠느냐
　폭설이 내리붓다 바람이 폐부에 고드름발 치는 날
　엑스레이는 절벽들을 비켜갔다, 연대를 넘어
　다시는 그 음성 들려오지 않았고 끊어지고 말았다
　얼음벽을 스치고 간 햇살들은 수없이 많았으나
　그 누구의 간교한 메타포의 말도 듣지 않고
　다시 그 음성 들으려 한줄기 바람을 흡하는 그대

186

품속에 저 흑백의 장엄한 설산을 안고 울든
험상궂은 혹한 속의 따듯함을 누리며 숨어 살든
그리해 갈급한 영혼에 메마른 샛길 하나 내는 일
어디서 한포기 갈대꽃 비명을 지를지라도
저 끝의 입술이 아닌 폐혈관의 입을 열 수 있다면
한줄기 바람은 성채를 그려 너에게 바칠 것
싸늘한 한천의 눈꽃아 나는 죽음 속에 갇혀 있어
화아, 설악이여 나의 숨은 아직 고르지 못해
저 작은 유리창에 흰 성에꽃 아침을 칠 줄 모른다

제4부

붕(鵬)새
서분(序分)

보라, 남쪽 하늘 위 만월이 빛나는 달빛 속, 등뼈 위로 검은 날개를 삼각 형상으로 접어 올리고, 머리를 가슴 밑으로 수그러뜨려 태허의 힘을 끌어모아, 금강 발톱으로 꿈을 움켜 차고 날아오르는, 광휘 속 천공의 장대한 붕새를

그 옛날 한 남자가 노래하기를,

北冥有魚 其名爲鯤 鯤之大 不知其幾千里也 化而爲鳥 其名爲鵬 鵬之背 不知其幾千里也 怒而飛 其翼若垂天之雲……

한 무명 시인이 동쪽 산속에서 달을 쳐다보며 노래하기를,

붕새가 달을 부수면 지구는 유실될 것이다 오늘 저녁까지 저 달이 작아지고 커지고 만월이 되는 것 나는 天氣의 가장 아래층 대기로 날숨과 들숨을 얻을 뿐 오직 그것이 나에게 허락된바 그것만이 온당하다

190

붕(鵬)새

태허에 들다

1

한 남자의 꿈은, 수묵색 북명(北冥)의 바다에서 남명(南冥)의 천지로 향하게 되었다

이것은, 지상의 모든 지혜를 초월하는 은유의 은유로서, 새로운 지혜를 찾게 하였으나,

그 뒤 모든 지혜의 노래는, 절대숙명이 파괴된 세상의, 길 안에 있을 수밖에 없게 되었다

그것은 하나의 '구멍'으로부터 비롯되었나니, 그 일곱 구멍이 착규된 후*

다만, 한 비조가 하늘로 날아 올라간 비상을 상상할 뿐,

2

한 영토에 비견할, 거대한 한마리 붕새가 날개를 퍼덕이며, 온 하늘을 가득 메우고,

천공 속으로 훨훨 날아 가버린, 그 지극한 고비(高飛)는, 대해의 물결이 이루는

무차별의 진공 그 외계로 향하는 것

비록 요적한 가운데, 음양의 대변으로 한마리 고기가 새가 되었으나

이것은, 이 우주 속의, 그 어떤 생명의 출생의 인연에도 없는 일

화생이라 할지라도 모체를 찢는, 아픔과 몸부림과 울음이 없을 수 없어라

어찌 모(母)가 고기(鯤)가 되며 새(鵬)가 자(子)가 되는가,

이것은 생사를 거치는 윤회가 아니므로 기이한 대변이다, 남자여

3

구멍이 뚫려 출구가 열린 순간, 신은 죽고

붕새는 바다에 비상한 울음을 터트리고 하늘로 날아올랐
으며
미래로 나갈수록 인간의 기억 속에선, 그 울음소리가 가
장 먼, 깊고 아득한 곳으로 광속처럼 달려갈 때

한 남자, 우주와 인간 뇌와 저 북명의 남과 북 경계에서,
그 첫 비명을 듣는다

그러므로 그 괴이한 새의 울음소리는, 온 천지에 붉고 검
고 희고, 푸른빛만 남기고 자취를 감추었으니, 그는 이 지상
에 있지 않아라

아 영영 지워지지 않는, 희원의 꿈이며 상처여라

4
한 지평선 너머 너머까지의, 가이없는 한마리 큰 새가, 다
시 실상으로 나타나거나 상상하기엔

그 어떤 고난으로도 만나기는, 심히 어려운 일이 되고 말았다

그러나 칠규의 파멸을 아는 자가 없었고, 그후 어떤 기호와 형상으로도 나타나지 않았다

5

그날 하늘을 한 자락 의상처럼 휘감고 회오리쳐, 천공의 광풍을 일으키며

붕새가 날아간 북명의 바다는, 광폭한 산도를 닫고, 영원히 본성을 잃어버렸을 것이니,

황폐한 바닷가는 한 남자의 절체절명의, 그리움의 마지막 냉절의 순간이 되어

잊을 수 없는 영원한 심상(心傷)인 채,

불타버린 우주의, 대도의 흔적으로 남아, 그곳에 버려졌다

6

그러므로 저 북명의 바다, 그 혼돈의 기억은 어느 염색체
속에 숨어 있는 것인가 그것은 왜 아직도, 꼼짝하지 않고
현현치 않는가

아니 불타버린 것인가? 아니 바다를 허공으로 감싼 궁륭,
바다가 머리에 이고 있는 저 창공만이, 붕정만리의 시원을
증명하리

* 장자(莊子) 응제왕(應帝王) 제7 '일착일규(一鑿一竅), 칠일이혼돈사
 (七日而混沌死)'.
** 총 13부 84편으로 구성된 장시 「붕(鵬)새」의 서두 「서분(序分)」과
 「태허에 들다」를 수록했다.

별

똑같이 생긴 영겁의 울음들을 걸어놓고
반짝이는 우주의 망각의 눈물바다
도시가 쫓아내고 시인의 망막이 뚫린
영겁의 시간을 파동 치는 언어의 광속 속에
지구인도 동행한다
사실은 미안한 일이다, 저 천체의 별들이
인간을 위한 별이 아니므로.

암흑의 파멸의 빛다발로 구성된 별
퀘이사에서 오는 빛들의 죽음이 도착하는
우주의 유리창을 직접 관통하는
입자 파동의 난센스,
다시 주워 담을 수 없는 찰나의 메타포
슬픔의 빛들만 실체로 마당에 쌓인다,
언제나 별은 하늘에 남아 울고 있을 뿐.

지구, 한 컵의 물

하루해를 보내고 돌아와서
투명하고 첨언 없는 물 한 컵을 그로부터 받는다
그는 손도 없이 내 앞에 서 있다
내가 밟고 하루를 다니는 그 땅에서 올라온 물
설계도 도모도 없다, 선도 긋지 않았지만 다만
하루해를 보냈다는 대가로 받는
나의 물이다
몫은 너무나 적은 것,
다만 고갈되어가는 영혼의 목만 잠시 축이는 것
하지만 모든 인간이 한순간에 마시는 신성한 물
두려움에 떨면서 나는 컵을 든다, 물이 컵을 깰까,
고개 숙여 나는 천천히 마신다
순간 아득한 곳까지 가는 것이 불가함을 깨닫는다
그래서 문득 한 컵의 물을 들고
나는 물의 나가 된다
너무 먼 도시를 돌아서 온 이 한 컵의 꿈의 물은
절망의 맨 끝, 앞에 서서 간다.

눈 오는 산수병풍

도시 밖의 병풍도 수사가 줄어든다,
사라진 축지법, 떠나간 은유가 보고 싶다
슬그머니 밀어놓을 수 있는 병풍이 아니다
산수병풍은 사라지고 화려한 문채도 사라지고,
잡다한 농담과 유머로 가득한 책상
술잔을 옮기는 검은 손, 사람 키만 한 칼
험상궂은 모든 죽음은 저 병풍 속에!
썩지 않고 산과 바람과 세월 속에 새로워진다
살아 있는 한쪽 생들은 슬그머니,
죽음이 밀어놓고 소외한 하나의 오브제일 뿐
황폐화한 산과 도시 사이 쓰러진 산수병풍
염장이는 사자의 귀와 코를 틀어막는다
누최(漏催)한 영구 불생의 고요한 잠자리여
꽉 죈 은유와 침묵이 함께 썩어간다

또 한번의 밑바닥의 밑바닥에서

에스컬레이터를 타고 내려가면 도시의 바다. 차도의 바닥. 더 아래가 없는 길, 시장, 인간. 주변 건물, 상품, 차량의 길바닥. 길바닥은 차의 타이어가 닿는 곳, 타이어의 바닥의 밑바닥이 방음한다.

못이 박히고 철사와 은이 꿰맨 손바닥의 밑바닥. 에스컬레이터가 실어놓은 밑바닥 멀리 사라진 산. 도시 속의 긴 한숨, 한 장의 지폐 속에 얼룩진다. 심장이 쩍쩍 달라붙는 밑바닥의 밑바닥의 밑바닥.

놓아주지 않는 밑바닥. 상품과 노동의 순수는 욕망에서 죽는다. 에스컬레이터 너머엔 거대한 고층 밑바닥. 밑바닥에 닿지 못하는 밑바닥의 언어. 죽음의 바닥, 길의 바닥, 그 밑바닥에 붙어 있는 인간의 입술.

밑바닥을 찍지 않는 밑바닥은 건너편 산뿐인가. 이제 건너편 산도 밑바닥을 찍는가. 치욕과 위선과 타협, 밑바닥이 밑바닥을 쳐다본다

한켤레 구두
그 대통령 재임 시절에

12년이 되었다
구두 아가리가 벌어졌다, 종로에서 화곡동까지 덜컥댄다
어두컴컴한 거리에 내린다
하마 십년 전의 그 망각의 구두 수선공을 찾아간다
이다음의 문장이란 다른 것이 없다
약국 불빛이 환하다, 강서대로변의 그에게로 간다는
반드시 써야 한다, 특별난 수사가 필요 없는 곳
이 장녀가 없는 노인은 아직도 죽지 않았다
늙은이는 늙은 손으로 굵은 바늘귀에 굵고 기다란 실을
아슬아슬하게 꿰어 넣었다
완강한 핏줄과 뼈로 구성된 척추의 너무나 커다란 손은
꾹꾹 눌러가며 구두 밑창을 꿰매기 시작한다
손가락에 낀 가죽 골무가 쇳빛으로 빛난다
하르르 구두는 작은 생명체처럼 손아귀에서 떨어댄다
하지만 구두는 현의 말을 잘 듣는다
밑창은 부드럽게 바늘을 통과시킨다, 너무 낡아서일까
밑에서 울컥하는 말이 올라온다, 다행히 내려간다
무엇이든 목으로 올라오는 건 좋지 않다

이다음 문장이 난감하다, 뭐라고 이어야 할까, 대여할까
너와 나의 저 구두나 도시 거리나 이 늙은이의 삶은
떨어진 구두로 언제나 새로웠는가
늙어버린 춘하추동

손의 존재

손은 굳게 닫혀 있다
안에서 박음질되고 밖에서 눌러 다렸다
어떤 빗방울도 빛도 스며들지 못한다
고기압의 손이 무겁다 우울해진다
손이 팔에서 나왔다 팔은 뇌에서 나왔다

저 멀고 높은 곳에서 명령은 내려온다
그 문서와 존재는 볼 수 없다
거대 파동의 고주파를 볼 수 없듯
멀리 여자의 손바닥만 한 흰 공이
절규하며 빛을 뚫고 하늘로 날아오른다

계속 몇번째의 손을 말아 던졌는가
쥔 손은 언제나 펼쳐지고 공은 날아간다
공을 찢어 네 뺨을 때리고 싶다
인간의 손과 박쥐의 날개는 상동형질
아비는 같지만 하는 짓은 무관하다

유리체를 통과하다

눈 밖에 나 있는 존재들
직접 들어올 수 없지만 직립의 낯선 빛은
무한의 깊이로 창을 통과한다,
선 채 밑바닥 없이 붙어 염파를 뒤흔든다
빛의 얼굴 밑으로 나는 나를 집어넣으려 한다
조용히 착상하는 피안의 그림자 정원
상공을 건너와, 평면이 되는 빛바다
먼지처럼 한번 슥, 얼굴을 쓰다듬지만 손바닥으로
너는 즉시 나의 손등을 비춘다
어떤 간절한 마음도, 앞서가는 광속의 예언도
너의 빛 위에 놓을 수가 없다
너는 이렇게, 직접 들어오지 않는다
다시 유리체를 통과하고 내 의식체를 비춘 뒤
되돌아 나오는 빛다발이 수없이 거쳐 가도
우리는 서로 다치지 않는다
나는 이미 너의 오랜 영혼에 매료되었고
창밖에 와 혼자 섰다

비가 그치다
너무나 너무나 아름다운 시를 위하여

비가 오다가 멈추었다가 다시 오려고 꾸물거릴 때
영락없이 벌레가 된다 벌레가 뒷방으로 들어가 컴컴한 어둠속에
몸을 구부리고 잠을 청한다
배춧잎이며 빨간 단풍, 구상나무, 병충해 입은 살구나무,
그리고 우리 집 주목인 소나무도 벌레가 되진 못한다 벌레가
되지 못해 허공에 서서 빗방울을 맞는다, 빗방울 긋는 날은
얼마나 을씨년스러운지 말도 할 수가 없다
쌀독이 있는 골방 한구석을 파고 들어간다 그 사각의 구석을 밀어보지만
몸만 작아질 뿐, 쌀 그들은
층층이 쌓인 어둠속에서 저 무시무시한 늦가을 빗소리를 들으며
비를 피한다, 내 언어는 거기까지만 들어간다
어떤 나는 너무나 처참한 나머지 자신이 있다는 것을 안다
칸나 흙뿌리 곁에도 박테리아들도 붙어 겨울잠을 시작했을 때

비가 그친 곳에 유리창이 깨어지고, 무지개가 사라진다

알아들을 수 없는 울음소리가

2013년 1월 10일 새벽 4시 12분

바람이 불면 빌딩들이 운다
빌딩 벽을 타고 오른 사각의 도면들이 전율한다
사변과 모서리를 지키고 껴안기 위해

그 아래 황사가 유사(類似) 태평천하처럼 떠 있다
먼지가 된 모래들이 깨어지는 소리가 바각댄다

거대한 빔과 철근을 움켜쥔 모래알들이
양회 속에서 죽음으로 버티는 고층 빌딩의 내진(耐震)
흔들, 흔들
노래를 부르고, 외로운 육체들은 각자 홀로
악기를 연주하며 늙어가고 있다

한땐 생사도 일대사가 아니다, 일상의 예외일 뿐

장님의 문명 한가운데 고통은 요조(凹彫) 된다
바람이 불면 청맹과니 하늘에 빌딩이 흔들리고
직하 88층 아래 인도에서

그는 시간보다 빠른 기억과 빛 속에 갇힌다

알아들을 수 없는 울음소리가
도시에서, 아니 지구에서, 땅속에서, 철골에서
먼 기억으로부터 울리고 있다

풍찬노숙

나의 고통을 아는 양 나를 노래하지 말고
나의 편을 드는 양 저들을 미워하지 말라
그러면서 너의 정치적 문학적 위상을 쌓지 말라
고교 시절에 본 차별의 사상으로

절망하지 않고 아직도 분노하지만
차라리 자신을 노래하고 단호하게 질책해라
차라리 노천(露天)이 되고 침묵이 되어라

풍찬노숙, 이 사회의 길은 영겁으로 열려 있다
그 길 자체가 길, 번쩍이는 얼음길
빛난다, 그 찢어진 발바닥의 길
너의 정의를 위해 권력을 가지려 하지 말라

너는 그 차별의 길 위에서 죽을 수 있을까
중년에 가출한 한 중년처럼
죽음을 우리에게 바치고 허무를 가질 수 있을까
도시의 골목까지만 왔다가 눈물이 얼어붙는

어느 풍찬노숙

세한목(歲寒木)

남도에 눈이 내리기 시작하면
남도의 모든 우물물은 울기 시작한다
온 세상을 다 덮어주어도
덮지 못하고 받지 못하는 곳은
어디나 있다

모든 물이 얼어붙어서 잠들 때에도
우뚝 멈춰 선 세한목(歲寒木)* 그 아래 땅속
쉬지 않는 파랑들

한송이도 쌓이지 않도록
물어둠 속으로 빠뜨렸던 곳
층층의 검은 돌들을 밟지도 않고 내려갈 수
있었던 그때는

활활 뜨거운 김을 불어 올려주었다
눈먼 가슴은 곰실곰실 생시의 꿈속으로
떨어져,

그것이 삶이라고 내 생시의 꿈이라고
예시조차 해주지 않았다

알아서 다 쓰고 가는 길 위에 서 있다
메워버린 표석만 남은 강설의 나라는
얼마나 추운 손등일까

죽음의 먼 우울 속에
찰눈 뒤섞여 내리는 광주에서 해남까지
그 세한목으로 건너가는 눈바람 속에
나만 돌아오지 못하고 있다

* 세한목은 추사의 「세한도」에 나오는 그 나무를 '세한목'이라 이름
붙인 것이다. 양평 사투리로 '찰눈'은 습기 있는 눈, '메눈'은 함박
눈을 뜻한다.

대기권 밖에서 고구마 먹기

나는
저 상공에 하루 한번 지나가는 인공위성이다
인공위성은 나의 헛배만 바라본다

인공위성 안에는 겨울 하나가 앉아 있다
그의 이름은 원숭이,
원숭이는 허공을 본다, 손에 투명 거울을 들고
여름 태양을 향해

저 아래 한국인들은 잠에서 깨어나면 산을 본다
나의 아버지 원숭이 앞에는 허공만 있다
문밖에 나가면 마당도 없고 신발도 없다

원숭이는 지구의 저녁을 바라보면서
달이 뜨는 석양에 눈물짓는다
몰라, 원래부터 왜 지구의 노을은 금빛이었지

인공위성에선 온달이 종일 창 앞에 떠 있다

우주를 풍자한다, 아무도 서로 위로하지 않는
그 나라의 신문을 구독하지 않는다

인공위성은 내 헛배를 먼 거울처럼 바라본다
가끔 지구의 그림자 속을 지날 때 맹장이 아프다

배 속에서 인공위성은 공전하는데
원숭이는 인공위성 속에서도 진화되지 않는다

강설이 시작되는 유리창 속에

K시인의 유년, 서울

유리창 속에 눈이 온다,
고궁의 나뭇가지 사이에서 감기는 손을 가리고 기침을
한다

내과에선 언제나 영양제 냄새가 났다
흰 마스크 노인이 올라가고 아이의 파랑 십자 마스크가
내려온다

시커먼 얼음덩이를 찬 자동차들이 자장가 같은 소음을
내며,
먼 도시의 다음 세대를 위해
헌 청각 속으로 사라져간다

1년 만에 고궁의 아이와 벚꽃이 같이 인화되고 있다,
물의 바닥, 구부러지는 감광지에서 나뭇가지 사이로 사
라진 눈도

오늘 뉴스의 중심은 도시의 부스럼 강설

유리창 속엔 그 변함없는 시가지, 천천히 노인처럼 숨을
쉰다

　빛새가 유리창 밖에서, 포르릉
　아직도 환청을 보는 아이 때문에 이 도시는 아침과 기침
이 있다
　기침은 조용히 버스 창에 반짝인다

구름 얼음을 깨는 남(南) 시인

벽에 도착한 빛들은 그곳을 환히 비추지 못한다

광속으로 빛들은 지워지고 있다
순간순간 30만 장의 빛종이들이 다가와
그 위에 덧칠된다

찰나 속에 그의 해마를 속이는 허상들이
실체들이다
이것을 붙잡고 이것으로 보고 이것들을 믿고 죽는다

저 머릿속의 한 세포 덩이 속에서도
빛들은 나를 쉴 새 없이 감언이설하며 속인다
거짓을 증명할 길을 잃고 방외가 된다,
빛의 사물과 현실로부터

직각의 합리성들이 밀어낸 그는 방계(傍系)
무용의 빛도 유용으로 대체하는 그의 나는
거부의 몸짓을 멈출 수가 없다

해마가 눈치챈 것일까

빛에 사기당하고 폭행당하는 나를 증명할 길이 없다

해리(解離), 난 이것 때문에 싸우고 쓴다

평면의 지옥

절망의 계단은 위로만 향해 있다
나선형 사다리 끝에서의 절규
자살하거나 견디거나 둘 중 하나
그 외의 존재 방식은 없다,
잠금장치는 서로 덜커덕덜커덕,
저 안쪽과 저 바깥쪽에서.
두 물질은 합금을 원치 않는다
역시 두 두뇌도 분리를 원한다
역시 무서운 입자와 파동
물질로 구성된 불행한 새가,
죽은 언어 속에 빠져 날갯짓한다
찢어진 날개의 천변만화는
기억이 없는 데옥시리보핵산의
나선형 사다리 끝에서 죽는다.

제5부

풀과 아파트

하늘은 온통 아파트 불빛이다
삼각형 코를 가진 이방인 가족 아파트는 없다
여자와 아이들 빨래가 흔들리는
바람 그네
햇살 발자국도 옮긴 적이 없는 발코니
바람도 서로 열지 못하는 문만 굳게 잠겨 있다

풀의 하늘엔 이슬이 내려와 별처럼 산다
그야말로
아파트를 바라보며 긴 시간은 산산조각 깨어진다
그 집의 여자는
우울한 얼음구름이 불어오는 사우스코리아
북위 37도쯤 수도권 어딘가 살고 있을 것

베짱이와 사마귀가 세 들어 사는 아파트는
파란 하늘 속을 산과 함께 자전하며 돌아온다
간혹 손을 뻗어 구름을 뜯어 먹으며
아파트 옥상엔 풀들이 바람과 살고 있다

해니(骸泥)여 어디 있는가

나는 너의 밑바닥에 가본 적이 없다
무엇을 다 흘려보내고 너는
저 끝없는 문명의 통로 입구에 사는 미생물처럼
나의 가슴을 아프게 하는가
살아서 돌아오는가, 너는 정말

물의 한쪽 부피가 닳아버린 흔적 속에는
가족들이 살아가고 있다, 피붙이
너의 냄새가 나는 저녁
나는 맨홀 뚜껑을 열고 들어가는 사람을 본다
그의 등 뒤에서
해가 지는 등 뒤에서 나를 본다
모든 것을 상실한 채

너의 등에 업혀 뛰어간 날이 있었다

찾아오지 않는 거울이다

거울은 사적이다, 공적인 것을 비추지 않는다

물의 분자들은 부딪치면 서로에게 미끄러진다
물을 먹은 물을 먹고 토하는 물이
자신을 뒤집고 새로운 시간처럼 나타난다

나의 그가 귀울음한다, 나를 비추는 거울이 어디선가
이렇게 말한 것 같다
정말 자신들을 찾아오지 않는군!
나를 발견하는 데는 죽음 너머 시간까지 필요하겠지?

그 이름은 '아무도 찾아오지 않는 거울이다'이다
아직도 하나의 언어가 되지 못했다
이제 불요불급의 한 문장을 얻었을 뿐이다
아무도 찾아오지 않는 거울이다여

물속에 공기가 없는 것은 유동성의 비밀이다
진흙과 파랑 사이에서

수중경은 말이 오는 쪽으로 혼자 뻗어간다

황무지 모래톱

해변의 황무지를 쓰고 죽고 싶다
풀 서너줄기 이어진 석양의 모래톱

고독한 동북아시아,
변방의 한 시인 어린 킹크랩의 눈단추처럼
늘 기울어진 하늘을 찾는 물별을
기다리며

스스로 황무지가 된 해변의 나는
안쪽에 옹벽을 올린 절벽의 주거지에서
새물거리는 동북의 샛눈

황무지 모래톱에 눕고 싶어라
황무지 풀밭에서 나를 붙잡고 싶지 않아라
못 죽어 눈물도 없이

바람 우는 황무지 해당화야
흰 불가 갯메꽃 나 수술에서 혼자 운다

먼 곳에서 해변의 황무지가 된다

덩굴손 잔잎 좀 보세요

최근은,
아무 일도 일어나지 않는 나날이 계속된다
그래도 한 구간을 건너뛰는 푸른 덩굴이 있다
언어는 인간밖에 사용하지 않지만
말을 더듬듯 구부리는 장님 줄기와 잎들
물색 하늘 풍덩, 손을 적신다

지금도 안에선 잎살을 붙이고 밖에선
터지지 않도록 끝을 봉합한다
한순간이 가버린 뒤론 꼼짝하지 않는다
저들도 종일 바람을 기다리고 있는 게다
나도 저 새 잔잎 한번 흔들고 넘어가는
한 자락 바람이라면

시인은,
태양이 찍는 자신의 등을 손바닥처럼 내놓았다
어느새 저렇듯 덩굴손이 된 것을
빌딩들은 모를 것이다

장미처럼 발화하는 것 같다

원고 청탁이 오면 작품을 만들려고 골몰한다
경험만이 아니기에 어느 날 시가 어려워졌다
약간 야릇한 이물질을 씹기 시작한다
한순간, 나는 장미처럼 발화하는 것 같다
발화는 혀처럼 허공중에 장미를 찍어댄다
그 여자의 얼굴의 망각의 마지막 첫 키스처럼
사회에서 할 수 있는 일이 어쩌다 고작
이것밖에 없게 됐나 생각하면 슬프기도 하다
나는 다른 걸 꿈꾼 적이 절대 없다 말한다
그럴 때 내부의 거울 앞에서 참담하다
하지만 나는 은연중 계속 길조를 기다린다
길조는 날카로운 화석 같은 울음을 토한다
그때 나는 아무것도 못하고 기다릴 때가 많다
한 자모의 빗방울이 눈앞에서 쨍 깨질 때
그대는 지금도 파적(破滴)의 아픔을 기억하는지
나는 그걸 조건 없이 답삭 껴안는다
색깔과 모양에 상관하지 않는 시선만이
그 꽃이 뜻밖의 사랑임을 알게 할 뿐이다

로봇 사이버나이프 다빈치의 고백

그림자 칼이 내부로 들어간다 나는 잠들어 있다
다빈치는 과립의 미토콘드리아를 지나간다
피가 흐른다 실과 전자바늘, 칼을 가지고 다빈치는
어느새 그 뜻밖의 암초에 도착한다

암초는 그를 뜨겁게 맞는다 제발 날 없애줘
왜 내가 지금, 다만 그런 것 따위는 묻지 않겠어
오직 나를 제거해줘 부탁한다
왜 내가 이 사람의 생명을 끊어야 하는 거야
나는 누구로부터도 죽음을 받고 싶지 않다

간접 화상으로 들여다보는 내부의 벽은 슬픔
그렇다 나는 너를 도려내야 한다 너 자신의
마의 뿌리까지 뽑아내야 한다 심장이 시려온다
유사현실 속에 나의 고통은 유사고통이다

다빈치는 의사와 간호사도 없이 밤을 지새운다
캄캄한 어둠속에서 나를 수술한다 나는 눈물을

흘리고 있다 육체의 유리창에 성에꽃이 오른다
겨울의 쓰라린 새벽 동이 터온다

지구의 노숙자, 하늘 시인

태초부터
지구의 노숙자가 있었지 우리나라에도

당신 나라의 하늘에도 보이겠지
우리나라의 노숙자

흰자만 살짝 내놓은 채 소리도 지르지 않고
하늘을 밟고 가는 귀신

어떤 고통 속에서도 울지 않는 법을 따른다

그런데 때론 피리를 부는 노숙자도 있나요
노숙이 발달하면 그렇다네

아 부러 한번 내려오게 하려는 욕망도 꾸었다
그러나 노숙자는 내려오지 않는다
한번 떠난 자가 다시 오는 법은 없다

당신 나라도 이런 노숙자 있어요?
달밤의 모든 강물 속에서도 사랑은 잉태하나요?
상공 창가에서도
잊지 않고 쳐다보나요?

지구의 노숙자는 오늘도
지구 하늘에서 바람 불어 은모래 날리는
눈 틈으로 내려다 노려보고 있습니다

잘들 살고 계신지요
잘들 살고 주무시는지요
잘들 살고 가는지요
지구 노숙자의 꿈은 영원한 노숙의 복수

안녕, 내일 봐요 언제든지 나는
영원히 그대들 머리 위에 떠 있으니까

그런데 저 노숙자 당신 나라 노숙자 맞지요

우리가 수출한 그 노숙자 그 신발,
그 머리카락

소켓과 기억

그동안 벽체 속의 모든 내선이 불타버렸다

희미한 빛 속엔 슬픈 상흔이 따라 나오기 마련이다
소통이 불통으로부터 소외되듯
그는 늘 눈 내리는 저녁의 내게 도착하지 못했다

직렬로 연결된 모든 것을 거부했기 때문이다
소켓에서 딸깍하는 소리 직전의 마음은
기억하지 못하는 먼 과거의 그 책에
강제 편집되었다

다시 기억의 소켓에서 먼지들이 부유를 시작한다
빛이 계량기를 돌리고 가는 동안
유아기의 시는 사라지고 지구는 멈추었다

동그란 기억의 비밀이 항상 머리 위에 걸려 있던
검은 소켓, 이상한 빛의 냄새가 났던 눈동자 속
피복되지 못한 필라멘트

저쪽 벽 사구 오구 육구 콘센트 구멍 속으로
기어 들어가는 기억의 벌레들
모든 언어는 그 구멍 속으로 사라져 적막이 되었다

 ──그후, 하나의 주제로 끌려가는 말들이 싫었다
이 시와 관계있는 체제가 싫었다
말을 이어갈 수 있는 다른 언어를 찾아가다가
어디론가 새어 나와 가버린 빛
돌아갈 곳이 없다

허공에 붙인 콘센트 가장 아래쪽 기억의 끝에다
기억의 구멍을 뚫든 망각의 불을 켜든
어디서도 자신인 자아들

그 빛은 다시 오지 않았다, 허공에서 기다렸지만
방마다 걸려 있는 나의 슬픈 얼굴은
오염되었다

빛의 쓰레기와 빛의 세균들을 위해
몸에서 나는 오늘, 모든 플러그를 잡아 뽑았다

해가 지는 고형렬 땅콩밭

고형렬 땅콩밭
해마다 작약이 피는 곳에서 칠년째 작약이
얼굴에 피 칠을 하고 피어난다

우리는 간단다
세계 땅콩들이 모이는 어느 저녁 가게로
그 모임도 한때였지 자리와 기록만 남기지 말고
각국에 돌아가 편집해야 한다

딱, 딱, 딱 어디선가 K2 소총 노리쇠 소리
고형렬 땅콩은 까망 땅콩
하고 암호한다
칠년 동안 농약도 금비도 안 먹고 살았다

까망 땅콩의 꽃은 독하게 노랗다
난해한 여자의 얼굴 같다 작은 노랑꽃은 땅에 붙어
피어난다
암술은 비닐을 뚫고 땅속으로 들어간다

눈물의 종(種)이라는 것

더 늙기 전에 아내에게 농담으로 부탁을 했다
여보, 당신 반듯하게 서서 나에게 절 한번 해봐요
아내가 웃고 주방으로 가서 절보다 덜 중요한 일을 하였다
평생 했던 설거지는 나중에 하지

그가 죽었다
어느 날 아내는 어느 해였던가 우리가 덜 늙었을 때
남편이 나에게
여보, 당신 반듯하게 서서 나에게 절 한번` 해봐요
하던 말이 생각났다

말을 기억했다 싱크대 앞에서 설거지를 할 때 남편이
뒤에서
나에게 시집오던 날의 새색시 저녁처럼
하고 혼자 내 등을 보며 중얼거렸다

늙음이 허공 같은 벽에 걸려 있는 벽시계를 쳐다보았다.

사북(舍北)에 나갔다 오다

해가 뜰 때 사북에 간다

사북은 고원이다

화절령엔 아침 새들이 숲속에서 나뭇가지를 잡고 운다

작은 새들이 사람의 얼굴을 닮았다

그들은 서로의 눈을 보고 운다 새들이 잡고 있는

나뭇가지들은 이 세상에 태어나는 순간이다

작은 눈을 처음 뜨고 있는 눈 속은

춥다, 산바람은 가지 사이 산바람이 아려라

나뭇가지들이 줄처럼 흔들린다

출렁출렁 곧 쏟아질 것 같은 시퍼런 백척간두의 눈구름들

바위와 살갗과 사택(舍宅)을 스친다 죽음 같은 삶은

삶 같은 죽음은 함께

화절령은 춥다 뿌리가 얼어도 그대가 있어서 따뜻했던

허공을 지나가는 바람의 얼음 소리

벽에 기대 그대 이름에 기대 산의 한없는 울음을 듣는다

그 울음이 되고 싶어 다시 어린 날과 젊은 날의

꿈처럼

솔잎, 솔잎 휘파람을 불어본다 갈라 터진 두 입술을 붙

이고
　아버지의 등에 업힌 죽은 아이처럼 어둠을 뛰어가는 한낮
　꿈속에서 태어나는 아이들, 꿈을 깨는 어른들의
　두 나라
　그 허공 속에 나 있는 핏줄기의 길을 찾는
　이슬이 햇살에 불타는 생각의 외출은
　서쪽 집으로 길을 열어준다
　아침은 아득하고 어둑한 정신과 함께
　피부는 팽팽하고 건조해라, 바다에서 떠오른 햇살 속에
　멀리 베이징을 건너오는 황해의
　모래바람 소리 붕붕, 추억은 하늘에서 세월을 듣는다
　그대의 나라로 가는 흰 낮달 아래 바람
　한권의 책같이 조용한 나라
　그 바람을 잠시 대여하고 구름바람 돌아가는
　양양과 간성 사이 속초, 모래기 흰고개 쪽으로 흘러간다
　시간은 중력이 없어,
　집으로 돌아가지 못하고 흰 구름은 둥근 수평선을
　오르고 넘어간 뒤 돌아오지 않는다

살아남은 은빛 연어의 기억들만 슬픔처럼 돌아온다
서해로 떨어지는 해가 고원을 비춘다 사북에 남은 햇살
동해는 그들이 태어난 곳
준령의 상고대 능선을 빠져나와 수평선을 비춘다, 새의
가슴이
열린다, 아프게 다시 수정(水停)을 기억한 해는
서해에 저문다 나는 그는 어느 항구에서 살고 있을까
그는 어느 주점에서 죽은 나일까
산 너머 해가 뜰 때마다 사북에 간다
화절령엔 오늘 아침에도
새가 된 노인들이 울고 있다
새들의 눈 속에 아침이 사라진다

비선대와 냉면 먹고 가는 산문시 1

교평리에 가서 냉면을 먹고 돌아오다가 '평양?' 하고 중
얼거렸다 핸들을 잡고 있는 손과 이어진 입술에서
'양평'이 피어나왔다

일상이란 특별난 의문과 이변이 없는 장소의 연속, 나는
먼 미래에 양평에 와서 살고 있는 다른 사람 같았다
바퀴가 천천히 오른쪽으로 돌아가면서 풍경은 왼쪽에서
채워져 들어왔다 창을 들여다보고 웃는 우리나라 아이들
이 지나간다
대교 중간에서 봉우리가 된 모란, 그러나 그 누군가는
아직
태어나지 않았다

어떤 행복과 위험 속에서도 권태로움만은 변함이 없다
전면 유리창 앞에 내다보이는 거리는 그 옛날 풍경, 백운
봉과 오빈리와 가로수, 몇동의 아파트, 초등학교, 갈산공원,
가로수

양평은 갈 수 없는 나라였다 나는 그 소읍에서 살았을 것
이다 이런 착각이 슬픔의 초월 행위가 되고 싶어 한다
불가능의 주제와 아픔이 망각 속에서 먼지처럼 떠오른다
감자 싹과 눈 냄새가 났다
쓸데없이 즐거운 마음으로 종로와 테헤란로를
사람이 아닌 가을과 함께 걸으면 가본 적 없는 서울의 타
자가 될 수 있다

자본주의사회의 사람들이 지나간다
모두가 작은 환희 같다

아로니아 가지가 흰 꽃을 피우고 낙화해서 열매를 맺는
변신을 상상한다 이런 꿈은 사실 오래전 약속으로서 확인
한 적 없는 생산과 희생이었다
백척간두의 언어를 만나고 싶었지만

별과 바람 없는 나라의 세월은 흘러간다

부탁: 그 산문(散文) 길에 평양냉면집 하나 열어주세요.
비선대를 잊지 마시고.

북천은 너무 오래되었기 때문에

고성 북천은 너무 오래되었기 때문에
그 북천에게 편지 쓰지 않는다 눈이 내려도
찾아가지 않고 멀리서 살아간다

아무리 비가 내려도 바다가 넘치는 일이 없기 때문에
그 바다에게 편지 쓰지 않는다
나는 그 북천과 바다로부터 멀어질 뿐이다 더는
멀어질 수 없을 때까지

나와 북천과 바다는 만날 수 없다
오늘도
그 만날 수 없음에 대해 한없이 생각하며 길을 간다

너무 오래된 것들은 내가 걱정할 일이 아니다 그래도
너무 오래된 것들을 생각할 때에는
눈물이 나오려고 한다
나의 영혼 속에 깊이 깃들어 있기 때문이다

고성 북천을 생각하면 아무것도 할 수가 없다
길을 가다가도
나는 몇날 며칠 그 북천의 가을 물이 되어 흘러간다
다섯살 때의 바다로
기억도 나지 않는 서른다섯 때의 아침 바다로

다 말하지 못한 것들만 거울처럼 앞에 나타난다

외설악

외설악에 나가서 가만히 청초호 거울의자에 앉아 지척의
설악을 보고 있으면 산골짜기 골짜기와 높고 낮은 능선 곳
곳에서 신비한 산의 음악이 들려온다

목관악기도 금관악기도 현악기도 아니다

산뢰(山籟)다

약초의 노래가, 풀과 나무들의 노래가, 물과 바람의 만남
과 경계 없는 흐름

그 음악이 호수에 내려앉는다 나도 설악산처럼 머리를
북으로 두고 남으로 다리를 뻗고 그대의 평상에서 서향을
향해

누워 팔을 베고, 설악산을 마주 바라본다 이곳, 내가 태어
날 자리, 그는 얼굴을 마주 댄 여자 같다

더 가까워질 수 없을 정도로 가깝게

그러면 흰 구름의 소요를 시작해볼까, 아무도 모르게

그 옛날 풀만 풀만 하늘로 가득 자라오르던 바람 불던 그
풀길 속에서 하나의 알로부터

다른 생을 출발해볼까, 알이 바람이 되듯이

쌍다리를 지나가던 한 소년 시인이 그들을 바라보고 있었지 그의 이름은 외설악이었지 그곳이 그의 집이고 생이고 노래였지

스티코푸스과의 해삼

늙어빠진 남자가
아침 바다의 상쾌한 구멍 속을 지나간다
구멍은 하나가 아니었다

나는 어디선가 쓸쓸했다 가을 햇살처럼

루주가 귀여운 금색에서 빠져나와
그의 아랫배 속으로 들어가 힘없이 놀고 있다

이 의미와 내막을 아는 자는 남자들이 아니다
작고 짧은 비탈들
여자는 허리를 세우고 앉아 하늘을 쳐다보고
해체된다

꽃은 눈이 없고 찌르는 것은 자신의 가시
스쳐 지나가기만 하면
섬세한 것은 섬세한 감각을 잃고 만다

기이한 혼돈의 실체
예민한 반문을 느리게 건들며 지나간다 제 몸에
물과 진흙을 치대는 생은
벽에게
자신의 시간과 육체를 처발라주는 것

그 힘없는 몸짓과 기교는 그의 몸에만 있다

어리고 작은 시간들을 가르치는 늙음은
새파란 것들의 비명을 사랑으로 높이 떠받들고
간다 어느 연대나

그는 자기 자신을 부르는 아이처럼 울었다는
산해경의 한 생명처럼 깜짝 놀란다

둥그런 사과

죽음 이쪽으로 건너오지 않는 영혼은 없다

예각만이 저 사과를 파괴할 수 있다
씨를 잉태한 과육의, 껍질만 붉은 흰 사과

쩍, 악마는 제 속살을 벌려준다 들어오라고

이 도시에서
신이 들고 있는 가위의 손잡이는 보이지 않는다
죽음은 눈을 삭둑삭둑 잘라냈다

죽음 저쪽은 욕망의 쓰레기만 한없이 쌓여간다
마천루도 어둠 밖에 서 있다
모든 것이 사과 껍질 위에 서 있는 허상들
이 죽음 쪽으로 건너오지 못할 유혹은 없다

이제부터 언어는 자유가 된다
죽음 저쪽에서 비난받고 나열되던 헌 해학들

칼에 찔리는 동안의 둥그런 사과 껍질
작은 죽음들이 도시 속에 씨를 뱉고 건너온다

저곳에선
삼각형의 사과를 둥근 입술로는 벨 수가 없다

그 여자 기억상실 속에서

혼자 기억상실증에 걸린 것일까
판수가 눈뜰 때 이 여자가 경쇠를 흔들었지
모든 질서를 흔드는
그 방울 소리 없이는 길을 갈 수 없다고

혼돈이 희망과 악습을 퇴치할 수 있을까
치유 전에 불안을 제거한다고
자신을 세정하고 약물을 중화하는
대체 자신이 자신인 사람은 누구일까

꿈이 아닌 것의 망언들이 만개하는 시대
헛헛하고 난폭한 은유의 오후
미생전(未生前) 말들은 또다른 내일의 악몽을 꿈꾼다

꼭 한 철이라도, 저 조용한 가을을 건너고 싶다
은과 잎, 동과 빛과 함께 핵과(核果)와 둘이서
하지만 불행한 나는
멀리서도 그 여자의 시대를 관통하고 있다

다시 그 여자에게 마구 경쇠 흔들어달라고

내 가슴에 붙어, 네 가슴에 붙어

온 세상 흔들어달라고

죽기 전에 다시 한번 그녀를 불러야 할까

아직도 생각하는 사람에 대한 착각

생각하는 사람을
처음 본 것은 외설악 너머 동쪽에서였다

한 남자가 변기에 앉아서 턱에 손을 받치고
무언가 생각하고 있었다 좀 어두운 편이었다
얼굴 한쪽이 일그러져 있었다

나날이 좋은 어느 날 명쾌한 아침이었다
풀밭의 이슬에 지평선 햇살이 닿을 무렵
변기에 앉은 한국의 한 시인은
문득 그 생각하는 사람을 기억해냈다
치질을 앓는 항문 끝에
수많은 아침과 풀이슬 한줄로 서 있었다

그때 엉덩이에서 똥오줌이 빠져나오는 중이었다
난처하고 어처구니없는 일이 아니다
그 사진을 처음 보았을 때 그는 이상한 남자였다
우리가 그곳에 앉아 있는 자들 같았다

생각하는 사람은 변기에 앉아 있는 사람이었다
오만상을 짓는 쾌변은 어떤 고통스러운 굴절일까
그 누군가는 때론
변비의 지옥 위에 계속 앉아 있어야 한다

오, 그래서 말인데
그래서 그 변기를 차고 사는 자들도 있다
변기의 남자를 사진으로 말고 실물로 보고 싶다

서울 사는 K시인에게

K형이라고 부르고 싶군요 이해해주십시오
오늘 아침도 잘 기침하셨습니까
이 미래에도 그 정류장에 벌써 내리고 계시군요
그 거리 삭풍은
예나 지금이나 변함이 없지요
빌딩 옥상과 유리창이 뿌려대는 눈보라이겠지요
나는 아니지만 당신은 그 나라의 시민입니다
젊었을 땐 사거리 지하에서
한권의 차가운 책을 들고 영혼을 흔들며 웃었죠
언젠간 서울 바닥을 떠나리라
그러나 K형,
진눈깨비 없는 세상과 겨울은 없는 것 같습니다
모든 것이 부정되는 것도 아닙니다
모든 희망이 또 희망이 아니었습니다
찢어진 형의 구두는 오늘도 거리를 관통하고 있겠죠
K형, 결국 우린 서로 행불자가 됐습니다
그러나 괘념치 맙시다
모든 생이 동등해야 하는 것도 아니잖습니까

이 말이 좀 슬프긴 합니다
나는 K형이 매일 출근하던 그 도시의 수직과 불안이
싫었습니다 이 아픔은 치유되지 않을 겁니다
세월이 흐르고 보니 알겠습니다
새벽에 눈떠, 진눈 쳐대는 지방 산골 창 밑에서
질척이는 거리로 뛰쳐나온 K형을 생각하고 있지요
뼈처럼 떨고 있는 흰 나뭇가지들
정말 무서운 나라입니다 이길 수가 없을 것 같아요
파도치는 한낮의 속초 방파제, 섬, 갈매기도 그렇고
모든 것이 낯설어,
그냥 한통 써보는 시답잖은 편지올시다
참 이상한 일이지 지금도 캄캄하고 추운 겨울이라니
신혼과 함께 이 미래로 떠나왔지만
우리는 대체 뭘 걱정하고 뭘 기다리는 걸까요
형이 계신 도시도 어두워지고 있지요
제가 사는 이 작은 시골도 어두워지고 있습니다
K형, 아무쪼록 조심해서 귀가하시기 바랍니다
아 내 정신 좀 봐, 오늘을

대충 2016년 1월 말쯤이라 해둡시다

경험적 진실로 역사를 꿰면 무엇이 달라질까

고형렬 시의 발아기 형식

정과리

1. 출발선의 시: 두 지향의 동시성

고형렬의 시적 생애를 압축하는 이 시선집에서 유용한 해설은 아마도 그의 시사(詩史)적 위치를 측량하는 일이리라. 이번 시선집 책날개에 적혀 있는 이력에 의하면, 그는 "1979년 『현대문학』에 「장자(莊子)」 외 네편을 발표하면서 작품활동을 시작"했고, 1985년에 첫번째 시집, 『대청봉(大靑峯) 수박밭』(청사 1985)을 상자하였다. 그리고 2020년 『오래된 것들을 생각할 때에는』(창비 2020)을 낼 때까지, 총 열여섯권의 단독 시집과 두권의 장시 ─『리틀보이』(넥서스 1995), 『鵬(붕)새』(시평 2010) ─ 를 출간하였다. 그외 그는 시동인지 『시힘』(1~4호, 1985~89)과 한중일 시인 합동 동인지 『몬순』

259

(1~2집, 2015·2018)에 참여하였고, 여기에 동인지 합동시집 한 권(1989), 3인 공동시집 한권(1993)이 추가된다.

이 목록에 포함되지 않은 일본어 출간 시집이 한권 있으며, 제15시집 『태양의 폭포』(2019)는 '베트남 작가동맹'에서 출판한 것으로 한국어 베트남어 양국어로 되어 있다.

이런 서지적 사실로 확인할 수 있는 것은 그가 등단 이래 44년 동안 시쓰기, 시인들 간의 협력 활동, 국제적 문학 교류 등 한국 시인에게 열려 있는 활동 지평을 거의 다 편력했다는 점이다. 게다가 그는 출판사에 근무하였고 스스로 출판사를 경영하기도 하였으니, 시에 관한 한 그가 해보지 않은 일은 없다고 해도 과언이 아닐 것이다.

이런 전방위성이 그의 시에 어떤 기능을 했다고 보아야 할 것인가? 일단 시인으로서 고형렬은 1980년대에 가장 큰 정치적 에너지를 가졌던 '민중문학'의 자장 안에서 활동을 하였다는 점에 주목해야 할 것이다. 그러나 더욱 중요한 것은 그가 이 운동 이념의 열성적 주창자가 아니었고 또한 그 운동의 일반적 경향으로부터도 비켜 서 있었다는 점이다.

필자가 다른 글들을 통해 이미 제시한 바 있는 분석에서 시작해보자. 한국의 '민중시'는 '노동자·농민'의 정서를 대변한다는 사회적·정치적 명제에 의해 존재해왔다. 그 명제를 통해 민중시는 분단 이후 한국시의 저변을 장악한 이른바 '순수 서정시'와 대척점에 놓였다. 그러나 실제 시의 형식은 재래적 서정시의 형식을 그대로 가져오되, 근본 목적인 '자연에의 귀의'를 '민중 안으로의 존재전이'로 대체한 것이었다. 이때 두 경향의 공통점은 이 최종 목적이 '절대이상'으로 작용하여, 모든 언어적 작동을 그 귀결점으로 수렴시킨다는 것이다. 이 불변의 지향점에 의지하기 때문에 시적 화자 그리고 시인은 심리적 만족과 권위를 갖게 되고, 따라서 시의 주제는 이념적 주장이 체험을 싸안는 형식으로 나타난다는 것이다.

이런 형식하에서는 그 지향이 무엇이든 그에 대한 물음은 발생하지 않는다. 다만 도달점을 향한 최대한의 질주만이 관심사가 된다. "우리 모두 화살이 되어/온몸으로 가자"라고 외쳤던 어느 시구처럼 말이다.

고형렬 시의 변별성은 바로 목표에 대한 절대적 신앙을 가지지 않는다는 데서 출발한다. 그건 체험과 이상 사이의 괴리 혹은 거리로 인한다. 그리고 이 진술에서 '괴리'와 '거리'는 같은 뜻이 아닌데, 고형렬 시에서 이 둘은 동시에 한 몸으로 나타난다. 그 사정을 이해하기 위해서는 시의 심층 속으로 두더지처럼 파고 들어가볼 필요가 있다. 필자는 한 편의 시를 비교적 자세히 분석함으로써 고형렬 시의 출발점의 '특별성'을 해명하고 이를 통해 그의 시사적 위치를 가늠하려고 한다. 분석의 양이 많지만 찬찬히 따라오는 독자는 한국시의 또 하나의 감추어진 면모에 대해 깨달음을 얻을 수도 있을 것이다.

　1980년대에 살았는가.

　무엇을 하며 어디서 누구를 만나고 헤어져 살았는가.

　아직 푸른 오리나무 울타리를, 바람 불면 또 우는 담벼
락을 걸으며 1980년대

　무엇을 하며 어디로 가는

　떠돌 일도 없이 떠돌아다녔는가.

　무엇을 찾으며 겨운 노래를 입에 물고,

　나의 생각은 마음을 못 잡고, 구름의 번민과 환상과 미
래로

　질척이며 산기슭, 그리고 바닷가 사이 뜨겁던 모래땅과
산 속에 몸부림하던 회리바람 소리와

　뒷날의 불볕이 날던 숲과 하늘과 골목에서

　그러한 세월과 시절을 보냈는가

　50년대와 80년대, 그 밖에서 들려오는 찬물과 시간,

　나는 쇠붙이가 묻히고 갯메꽃이 차게 핀 바다의 모랫
살을 돌아

　올 것인가. 작은 손목을 놓치고 찔레나무 앞에서 울음
을 삼키는지

　내가 알 것인가.

—「1980년대에 살았는가」 부분

그의 시적 출발점에 해당하는 1980년대를 제재로 하고 있다. 통상적인 민중시는 곧바로 세상을 지목하고 규탄한다. 이 시는 그렇게 하지 않고 '나'에 대해서 질문하고 있다. 왜냐하면 그 당시 '나'는 "무엇을 하며 어디로 가는/떠돌 일도 없이 떠돌아다녔"기 때문이다. 시인은 지금 놀라운 고백을 하고 있는 것이다. 항간을 장악한 압도적인 이야기들을 그가 못 들었던 게 아니다. 그 사정을 간명하게 지시하는 게 "50년대와 80년대"이다. 즉 분단(전쟁)과 독재정권의 연결에 대한, 많은 사람들이 그 '명백성'을 인정하고 있는 이야기다. 그런데 시의 화자는 그런 지배담론에 대해 무언가 어긋나는 걸 느낀다. 그래서 이어지는 행이 이상하게 꼬인다.

나는 쇠붙이가 묻히고 갯메꽃이 차게 핀 바다의 모랫살을 돌아
올 것인가. 작은 손목을 놓치고 찔레나무 앞에서 울음을 삼키는지
내가 알 것인가.

인용부의 첫행은, 전쟁의 비극이 바닷가에까지 미쳤다는 뜻으로 간단히 해석할 수 있다. 시인의 본적지는 해남이고

그가 자란 곳은 속초다. 따라서 바닷가는 시인의 정신적 고향에 해당한다고 할 수 있다. 거기까지 전쟁이 덮쳤다는 것이다. 즉 "50년대와 80년대"가 상징하는 상황이 시인의 삶뿐만 아니라 내면까지도 점령했다고 할 수 있다. 그러나 쇠붙이가 묻힌 곳에서는 "갯메꽃"도 "차게" 피어 있다. 그곳을 시인은 "바다의 모랫살"이라고 이름하였다. "모랫살"이라는 단어는 '표준국어대사전'에 나오지 않는다. 우선 '모랫살'은 '모래의 살'의 준말일 것이다. 그렇다면 '살'은 무엇인가? 우리의 몸을 이루는 그것? 그럴 수 있다. 그렇다면 이 단어는 바다에서의 시인의 생체험을 넌지시 가리킨다. 그렇다고 하면 거기에 '모래'가 왜 나오나? 이 문제는 상당수의 다른 시편들을 참조해야 풀리는 난제다. 대답부터 하자면 일단 그것은 바닷가의 '토양'이라는 뜻이다. '갯메꽃'은 그래서 나온 것이다. 이 꽃은 "바닷가에서만 볼 수 있"는 꽃으로서 "해변의 모래땅이나 바위틈에 줄기를 드리우고 피어나"(이유미 『한국의 야생화』, 다른세상 2003, 291면) "땅속줄기가 모래 속에 길게 뻗는"(위키피디아) 꽃이다. 그리고 이어서, 모래의 자잘한 모양과 흩어지는 성질로 미루어 그의 고향과 연결된 체험적 기억 혹은 그의 내면이 모래알처럼 바다로 쓸려나가 아득히 멀어져간 사연을 암시한다는 추정이 가능하다. 이에 대해서는 곧 다시 언급할 것이다.

독자는 여기에서 이 바닷가가 두 영역으로 분리되어 있

음을 느낄 수 있다. 두 영역은 하나로 포개져 있지만 서로 이질적인 두겹을 이루고 있다. 하나는 전쟁의 참화가 자행된 일반사의 현장이다. 그런데 바닷가의 모랫살 속에는 시인의 고유한 개인사가 있다. 이 둘의 관계는 무엇인가?

"모랫살을 돌아" 온다는 진술은 그 물음에 답을 주기에는 너무나 모호하다. "돌아"와 "올" 사이에 행갈이가 있다는 점을 주목해보자. 이는 "돌아"와 "올"이라는 두 동작을 분리해 읽을 것을 일단 요구한다. 만일 분리하지 않으면, '나'는 '모랫살(개인사의 영역)을 돌아서 일반사의 영역으로 돌아온다'의 뜻이 될 것이다. 그런데 분리하면 '오다'의 지향점이 모호해진다. 즉 "'모랫살'을 '돌아' [어디로] '올 것인가"라는 문장이 최종적으로 수립된다. 분리하지 않았을 때 '모랫살을 도는' 행위가 '온다'는 행위에 종속된다면, 여기에서는 이 행위가 자율화된다. 그래서 '모랫살을 돈' 다음에는 일반사의 영역으로(첫행의 자리) 돌아올 수도 있고 다른 영역으로 올 수도 있다. 그 다른 영역은 '갯메꽃'이 가리키듯이 개인사의 영역임을 독자는 이미 확인하였다. 그리고 '모래'에 대한 제2의 해석으로 그의 개인사가 흩어져 상실되었다는 추정이 가능하니, 이에 빗대어보면 '오다'는 그 개인사의 자리로 돌아온다는 뜻으로 해석할 수 있다. 그것을 왜 '가다'라고 말하지 않고 '오다'라고 말했을까? 그 개인사의 자리가 원래의 자리이기 때문일 것이다.

이제 독자는 영역이 둘로 나뉘었을 뿐 아니라 지향도 두 방향으로 뻗는다는 것을 알 수가 있다. 그 느낌을 강하게 증폭시키는 것이 위 인용부의 마지막 문장이다.

작은 손목을 놓치고 찔레나무 앞에서 울음을 삼키는지 내가 알 것인가.

이 진술은 지극히 개인적인 체험과 결부되어 있는 것으로 짐작된다. 따라서 의미 파악이 쉽지 않다. 그러나 다른 시들을 참조하면 '찔레나무'의 감정가를 얼마간 짐작할 수 있다. 그것이 지극히 개인적인 체험과 결부되어 있다는 것은 "찔레낭구 밑에서 옷을 벗었다"(「용포동 여름」) 같은 시구에도 보이지만, 위 시와 함께 『대청봉(大靑峯) 수박밭』에 실린 다음 시구에서 그 나무의 의미를 좀더 선명히 느낄 수 있다.

펌프는 지친다. 파이프는 쪼들리고 피스톤은 언어를 잃어버린다.
시인들은 과거를 생각해본다.
찔레나무 흰 꽃 핀 음지에 애잘대던 그 샘물을, 그래
간혹 펌프질 소리가 들려오지만 그러나 그것은 물소리가 아니다.

창자를 긁어내는 소리면 소리였지.

그가 또 자루를 놓는 소리가 들린다.

——「펌프질 보고」부분(『바람이 와서 몸이 되다』에서는 제외)

가뭄이 들어 양수기를 돌리는데, 펌프질이 시원치 않다. 시의 화자는 불현듯 옛날을 떠올린다. 그 옛날에는 "찔레나무 흰 꽃 핀 음지에 애잘대던 그 샘물"이 있었다! 그러니까 '찔레나무'는 돌아가야 할 개인사의 시원을 가리킨다. 그에 비추어보면 지금의 "간혹 펌프질 소리"는 "창자를 긁어내는 소리"에 지나지 않는다. 이 시원의 자리로서의 '찔레나무'가 본래의 인용된 시구에서, "앞에서 울음을 삼키는" 장소가 왜 되었는가는, 앞에서 보았듯 개인사의 시원이 상실되었기 때문일 것이다.

2. 경험만이 사상을 증명할 수 있다

그런데 시인의 문제의식은 더 나아간다. 앞 시 인용부의 마지막 시행 "내가 알 것인가."는 이런 지향이 자연적 충동의 사안이 아니라는 걸 가리킨다. 그렇다. 일반사만 해도 충분히 불행했다. 그리고 그걸 보상하는 길이 얼마나 중요한지도 잘 알고 있다. 그러나 그럼에도 불구하고 개인사의 상실 또한 있다. 일반사의 무게에 비추어 이 사소한 개인사는 무시할 수도 있으리라. 그러나 우리의 시인은 그게 안 되는 것이다. 그는 그걸 알아야만 하는 것이다. 따라서 저 개인사의 지향은 화자 '나'의 의무이자 책임의 사안이 되는 것이다. 이제 지향은 자발적 충동이 아니라, 의식적 각성과 행동 수칙을 요구한다.

그래서 화자는 묻는다.

우리는 살아 있었는가.
삽시간에 사라질 30년의 가시나무와 신기루의 마을이여
신비를 비워놓은 종선 한척이 끌려가던 오후는 몇년도
이며
나는 그때 누구로 있었는가.
금빛 찬란한 해면 속에 사라지던 배와 광대뼈가 튄 사
람들 놓치고
손으로 얼굴을 가리던,
나는 그때 누구의 아이였나.

—「1980년대에 살았는가」부분

이 시구에서 제시된 사건들이 정확히 무엇인지 필자는 알지 못한다. "삽시간에 사라질 30년의 가시나무와 신기루의 마을"이 수몰지구를 가리키는지 "신비를 비워놓은 종선

한척이 끌려가던 오후"가 거친 풍랑 속에 난파한 '종선(從
船)'을 가리키는지, 만약 이 짐작이 타당하다면 구체적으로
어떤 사건을 가리키는 건지 분명치 않다. 다만 이 사건들이
모두 수장되는 양태를 띠고 있으며, 이 사건의 '실체'를 알
아야 한다는 의무감으로 화자('나')가 애태우고 있다는 점
은 분명히 알 수 있다. 바로 "몇년도"로 지칭된 그 시절. 이
는 "50년대와 80년대"라는 명료한 연대(年代)와 성질로서
도 확연히 구분된다.

바로 여기가 1980년대의 민중시와 고형렬의 시가 분기되
는 지점이다. 이 분기와 더불어서 고형렬은 민중시와 동행
하되 결코 만나지 못한다. 민중시는 점점 좁아지다가(이 협
소화의 양상과 의미를 풀이하는 자리로서 여기는 적당치 않다) 시의 장
에서는 거의 소멸되어가고 있고(그러나 교육의 장에서는 여전히
강력한 위력을 발휘하고 있다), 고형렬의 시는 점점 넓어지면서
팽창하는 우주 속을 유영하는 단계로까지 나아간다. 물론
그 모든 변화를 다 말하지는 못한다. 오늘의 자리는 그런
미래가 생겨난 최초의 '인플레이션'을 규명하는 자리이다.

「1980년대에 살았는가」는 아직 독자의 책장에 펼쳐져 있
다. 이어서 읽는다. 앞 절에서 고형렬 시의 출발점에 일반사
와 개인사의 분할과 그 어긋남이 놓여 있다는 점을 보았다.
그 분할은 그러나 선택의 사안이 아니다. 그것은 동시에 한
꺼번에 끌고 나가야 할 것으로 시인에게 닥쳤다. 그것이 그

의 시를 어렵게 한다. 그러나 어쨌든 그건 필요조건이다. 그래서 독자는 "모랫살"의 '살'에 대한 다른 뜻을 생각한다. 저 '살'은 '부챗살' '우산살'이라는 말에서 쓰이는 '살'과 동의어가 아닐까? 그렇게 생각한 첫번째 이유는 그가 두 방향의 지향을 어떤 연결사도 없이 동시에 쓰고 있기 때문이다.

50년대와 80년대, 그 밖에서 들려오는 찬물과 시간,
나는 쇠붙이가 묻히고 갯메꽃이 차게 핀 바다의 모랫살

'50년대와 80년대'가 일반사의 영역이라면, "그 밖에서 들려오는 찬물과 시간"은 개인사의 영역이다. "쇠붙이가 묻힌" 자리와 "갯메꽃이 차게 핀" 바다의 무심한 연이어 쓰기도 그렇다("찬물과 시간"의 '찬물'은 "갯메꽃이 차게 핀"의 '차게'와 상응한다). 이에 착안하면 이 바닷가 모래사장은 일반사와 개인사를 번갈아 보게 하는 버티컬로 기능하는 게 아닌가? 그래서 "모랫살"이라는 단어가 발명된 게 아닌가?

'살'을 이렇게 해석하는 방향은 의미를 증가시킨다. '살'은 단순히 교번(交番) 기능만을 갖는 게 아니다. '바큇살'이라는 말을 통해 분명히 알 수 있듯이 '살'은 그 살이 지지하는 동체를 움직이게 하는 뼈대이다. 그리고 이러한 해석은 고형렬에게 개인사 지향이 행동으로 드러나기를 요구한다는 앞의 관찰에 의해 뒷받침된다.

'살'에 관한 두가지 해석을 종합하면, '분할은 물상을 움직이게 한다'는 명제가 성립될 수 있다. 고형렬의 시가 이렇게 끈질기게 진화하여 오늘에까지도 여전히 힘센 모양을 이루게 된 동인이 여기에 있다고 필자는 생각한다.

이제 그 양상을 보자.

> 해가 산으로 떨어지던 초겨울
> 나를 허리춤에 묶던 나무여, 연어가 머리를 내밀던 바다
> 앞, 덩굴이 덮인 산 밑 나의 집을 지나서
> 어두워지던 아침, 파랑에 쫓겨
> 나는 어디서 살아가고 있을까.
> 아니면 나만이 이 땅에 없는 것인가.
>
> ──「1980년대에 살았는가」 부분

앞에서 개인사의 영역이 항용 '바다'의 물상들로 표현됨을 보았다. 그렇다면 일반사의 영역은 산으로 은유될 것이라 짐작할 수 있다. 과연 인용한 시구에서 앞의 세행은 산에 있는 '나'의 모습을 그린다. 묘사에 의하면 (1)해는 산에만 떨어진다. 그에 비해 바다는 어두워지고 있다. 어둠은 "산 밑 나의 집을 지나서" 바다로 이어진다. (2)'나'의 몸은 산에 있는데 나무에 올라 "연어가 머리를 내밀던 바다"를 보려고 고개를 내민다. 그러나 어둠 때문에 바다는 보이지 않

271

는다. '나'는 또 하나의 '나'(혹은 시원의 '나')가 "어디서 살아가고 있"는지, 아예 '실존'하기를 그만둔 건지 알 수가 없다.

산과 바다의 이미지상 대조는 그의 데뷔작 「장자(莊子)」에 좀더 선명하게 나타난다.

> 어머님이 산에서 나를 불렀다.
> 지금까지 달고 다닌 탯줄을 끊어버리고, 개울에서
> 혼자 피 흘리며 아픈 길을 묶을 때,
> 솔쟁이꽃 환한 연봉(連峰)으로 달은 지고
> 꽃창포(菖蒲) 터진 아침 물결로 흘러가고
> 떠나던 서산(西山) 어깨로 노을이 피어오른다.
> 어머님, 저는 이제 바다 속에 살고 있는 나를 그리워하며
> 철썩이는 해안에서 시달립니다.
>
> ─「장자(莊子)」 부분

이제 독자는 시인 고형렬이 1980년대의 한복판에서, 독재정권에 대한 저항과 노동자·농민의 역사적 주체성을 앞에 내세운 민중시의 그 '원천적 목적'에 절대적 확신을 두지 않는 이유를 납득할 수 있다. 일차적으로는 그에게 그만의 다른 생이 있었기 때문이다. 그것이 그의 시적 더듬이를 두 방향으로 분할시켰고, 그 분할로 인해 그는 사회적 대의를 얼마간 유보시킬 수밖에 없었다.

그런데 그런 사실이 그만의 영역에 바로 정당성을 부여할 수 있는 것은 아니다. 1980년대는 공적 대의가 사적인 문제들을 집어삼킨 시대였다. 개인의 삶은 잡다하고 조리가 없으며 사소하니, 집단의 삶을 우선시해야 한다는 말이 스스럼없이 흩날리던 시절이었다. 그런 주장이 백주를 활보하던 시대에 자기만의 개별 인생을 능청스럽게라도 내놓는 것이 가당했을까?

실은 시인에게는 그의 개인사에 특별한 가치를 두는 근거가 있었다. 일반사의 권위를 능가하는. 그것은 무엇보다도 구체적인 경험이었다. 그의 개인사는 그가 절실하게 겪은 생체험이었다. 그 경험을 생생하게 보여주는 시가 있다.

> 옷을 입지 않고 뛰어본다 옷을 입지 않고
> 하나의 단지 구멍으로서 바닷가를 무릎의 구멍으로서
> 누가 관자놀이에 쐐기를 박았다 다행히도
> 경험을 하고 있다 경험을 한 적이 한번도 없다
> 바닷가를 뛰어본다 실제로 뛰어 본다 경험 옆에 있는
> 생명 과도 같은 바다를
> 버쩍버쩍 소리가 나는 갈매기 날음 경험한다
> ──「경험」 부분

그에게 바닷가는 바로 경험이었다. 앞에서 보았든 바닷

가 앞의 바다가 어둠으로 캄캄히 가려져 있더라도 그것을 탐색한다는 것은 살을 진동시키는 일이다. 그러니, 바다를 "하나의 단지 구멍으로서" 겨우 틈입하고 "누가 관자놀이에 쐐기를 박았다" 하더라도 "다행히도 경험을 하고 있"으니, 이는 바로 새 세상을 향한 시도이다. 몇줄 건너 이어지는 행들은 이렇다.

> 벗은 바다 위에서 때찔레를
> 훔칠 수 없으며 또 있는지를
> 하나의 시도로서 뿌듯한 호흡

경험이야말로 삶의 실존을 증거하는 것이다. 그래서 "경험을 뛰어 본다 바닷가를 어떻게 할 수 없는 자체가 경험이지"라는 말로 시를 맺는다. 왜냐하면 이 실존이야말로 삶의 진정성을 '담보'하는 일이기 때문이다. 민중시는 늘상 민중적 삶의 진정성을 담보하라고 주장하는데, 경험되지 않는 한 어떻게 그게 가능하겠는가? 그러니 쉽사리 그런 관념적 주장에 생각 없이 의탁하는 것은 '안주'에 불과한 것이 아닌가? 그래서 그는 "조직과 안주에서 떠나 경험"하는 것이다.

3. 시의 미학 1: 이질성들의 상종(相從)

이 경험의 구체성은 그의 삶의 충분조건이다. 당연히 이
는 시의 충분조건이라는 말과 동의어이다. 개인사는 그 자
체로서 그 조건을 채우고 있다. 한데 사회적 대의, 이른바
노동자·농민의 역사적 주체성은 그 조건을 채우고 있는가?
그 안에 경험이 충만히 들어서지 않는 한, 그것이 정말 진
정한가?

이것이 앞에서 "체험과 이상 사이의 괴리"라고 부른 것
이다. 하지만 그렇다고 해서 시인이 사회적 대의에서 떠나
는 결과가 발생하지는 않는다. 같은 시의,

살 없는 바퀴로 실행한다 바람이 닿도록 하나의 구멍
으로 바람이 통과하도록
경험이 보이는 바닷가를 띈다 바다를 하이칼라하고 등
산화에 경험한다

라는 시구에 주의할 필요가 있다. 생체험으로서의 살은 바
퀴의 '살'로서 기능해 바퀴를 돌린다. 앞에서 읽은 살의 두
가지 의미가 하나로 합치하는 광경을 본다. 그런데 바퀴의
목적은 동력을 일으키는 것이다. 이 동력을 다른 말로 하면
'바람을 불러일으키는 힘'이라고 할 것이다. 그런데 그렇게

275

어휘를 치환하자, 이 바람은 안에서 바깥으로 튀어나간다. 즉 움직이게 하는 힘을 넘어서 다른 것과 소통하는 힘이 된다. 바다의 구멍은 아득한 바다로 통하는 구멍이었는데, 문득 그것은 지금까지 가로막으로 기능했던 산/바다 사이의 빗장 안에 구멍을 뚫고 산으로 부는 바람이 되기도 한다. 그래서 "바다를 하이칼라하고 등산화에 경험한다"는 멋진 표현이 등장하는 것이다. 일반사로부터 개인사가 분리되어 나왔더니, 그것은 거꾸로 일반사에 생의 활기를 주유하는 결과를 만들어내는 것이다.

이제 살의 두번째 의미의 첫번째 국면, 즉 '버티컬'로서의 살이 완성된다. 그것을 독자의 눈길이 줄곧 머물고 있는 시 「1980년대에 살았는가」에서 확인해보자.

> 산과 마을과 바다와 섬과 수목과 그 모든 사상에 부는 바람, 오고 있는 서일, 무섭게 뜬 달이여
> 빛과 별이 도는 땅이여, 나는
> 탄생과 죽음 사이 너무 밝은 꿈이여, 나는, 목숨에 닿는 광선이여,
>
> ─「1980년대에 살았는가」 부분

마지막 구절이다. 바람이 "산과 마을과 바다와 섬과 수목과 그 모든 사상에" 분다는 것이 그대로 적혀 있다. 개인의

진실에 투신할수록 그것이 사회적 대의를 더욱 증진할 수 있다는 믿음이다. 그 믿음이 "오고 있는 서일(曙日)"에 비유되었다. '여명'이라는 단어보다 이 어휘는 이중성을 더 강조한다. '여명'이 그 희미한 정도에 의해, 어둠으로부터 밝음으로의 이동을 느끼게 한다면, '서일'은 '새벽'이라는 개념만을 간직하고 그 형상을 비워서, 어둠과 밝음의 교체 양쪽에 강도를 똑같이 둔다. 그래서 "무섭게 뜬 달"이 나오고, 그 달의 응시 앞에 "[아침] 빛"과 "별"이 번갈아 교대를 한다. 저 '달의 응시'는 빛과 별의 시간적 편차를 말소한다. 다시 말해 그것들을 동시에 공존시킨다. 살을 접으면 밝아 오는 해가 나타나고, 펼치면 어둠을 밝히는 별이 나타난다.

　시가 쉼표로 메지나는 것에는 다 이유가 있다. 두 빛의 교번(交番)이 결코 끝나지 않을 것이기 때문이다.

　요컨대 시인은 최초의 출발부터 사회적 대의와 개인적 실존을 동시에 끌고 가려 하였다. 그것은 선택의 사항이 아니라 변별과 합치의 사안이었다. 그리고 거기에는 윤리적이고 실천적인 이유가 있었다. 사회적 대의가 아무리 훌륭해도 개인사의 내밀한 사정을 말소해서는 안 된다는 것이 윤리적인 이유이며, 그 둘의 교번은 충돌과 상쇄를 유발하는 것이 아니라 생의 에너지의 증가에 기여한다는 것. 요컨대 그 둘이 생의 바큇살로 기능해 '동반상승효과'를 낳고, 그것이 현실을 변혁하는 힘을 증폭시킨다는 것이다. 「백두산 안 간다」와 「대청봉(大靑峯) 수박밭」을 연속으로 읽으면, 그 사연을 실감할 수 있다. 이에 대한 감상은 지금까지의 귀 띔만으로도 독자에게 충분히 이월될 수 있으리라 믿는다.

이 출발점으로부터 어떤 미학이 가능성의 지평에 떠오르 는가?

우선, 삶의 두 차원의 동반상승이라는 알고리즘 자체가 정서적 가치를 산출한다는 점을 유의하기로 하자. 그런데 더욱 유의해야 할 것은 이 동반상승에는 '경험'이 필수적 으로 개입되어 있다는 것이다. 그리고 그 경험이 자발적 경 험이 아니라 의식적인 것임을 또한 보았다. 경험에 대한 의 식은 그에 대한 정직성, 지향을 성취하기 위한 이론적 고안 과 책임을 요구한다. 즉 경험은 윤리적이고 지적인 단련과 더불어 겪어야 할 사안이다. 고형렬의 시가 쉽지 않은 것 은 그의 지향이 복합적이라는 점에서뿐만 아니라 그 지향 의 실천에 요구되는 지적·정서적 노동을 함께 감당해야 하 기 때문이다. 시의 언어가 어려운 것은 수사가 까다로워서 가 아니라 그 언어가 담고 있는 내용의 질량과 성분 합성의 성질 때문이다. 따라서 '정서적 가치'란 정서적 효과만을 유발한다는 뜻이 아니라 정서적 쇄신을 통해서 현실 인식 과 자기 점검에도 작용한다는 뜻이다. 저 옛날부터 예술과 문학의 가장 기본적인 효과가 "즐겁게 하고 가르친다"임은 거의 변하지 않았다.

여기서 그치지 않는다. 더 나아가 특별한 생활효과가 출현하고 독특한 미학이 발전한다. 시인의 삶에 나타난 생활효과는 모두에서 언급한 시적 활동의 전방위성이다. 그의 시작(詩作)은 갈수록 왕성해져갔다. 그리고 그는 동인지를 만들어 시인들을 끌어들였고 출판사를 차려 시 잡지를 냈다. 그뿐인가, 아시아를 무대로 외국 시인들과의 교류를 넓혀나갔다. 이러한 전방위성이 그의 시초에서 심어진 유전자 효과라는 점을 쉽게 납득할 수 있을 것이다.

4. 시의 미학 2: 계통의 내장화

미학의 발전은 무엇을 말하는가? 방금 고형렬 시 특유의 정서적 가치가 감정의 상호증진, 윤리적 단련, 지적 고안이 병발적으로 동반되어야 달성될 수 있음을 보았다. 그러한 요구는 시인으로 하여금 다양한 기술적 모색을 모색하게 한다. 그 기술들의 수는 그의 시력(詩歷)이 지속된 만큼 다양할 수 있다. 여기서는 최초의 인플레이션 때(다시 말해 그가 민중시와 달라지면서 동행할 때) 그가 개발한 기술을 음미하기로 한다.

불티가 튀는 마당에서 고려장감인 늙은이가

도리깨춤을 추면서 핏발선 눈을 굴리며 나를 훔쳐보고
있었다
　내 수치를 이겨가며 돌아보면 억센 뼈와 심줄뿐인 팔로
그는 도리깨질에 열중하고 있었다
　이렇게 백년이 흘러버린 어느 날
　잠시 허리를 편 아버지는 동백숲 먼 구름 피는 하늘을,
　무엇이 잡히고 생각나는 것이 있는지 주춤하는 것을
보았다
　무엇이 떠오르는 그의 마른 눈 속
　울고 싶어도 울 수는 없는 걸까, 이렇게 불안한 도리깨
질을 하면서도
　그에겐 또다른 무엇을 위해
　바쳐진 내면의 일생이 있는 것일까.

—「도리깨춤을 추면서」 부분

　이 시는 농업을 대물림하는 농민의 고된 삶에 대해 이야
기하고 있다. 아버지와 아들이 주 인물이다. 그런데 이들의
얽힘은 2대로 그치지 않는다. 아버지는 나의 눈에 비친 아
버지인데, 그는 백년도 지난 농민의 삶의 총화로서 나타난
다. 이렇게 풀이하면 흔한 시적 구도처럼 비칠 수도 있다.
하지만 흔한 구도와 두가지 점이 다르다. 하나는 화자에 의
해서 아버지가 과거 농민을 대변하는 비유로서 지칭되지

않고 오로지 아버지로서만 형상된다는 것이다. 전자라면 가령 독자는 어떤 소설에서 이런 기술을 읽은 적이 있을 것이다.

아버지만 고생을 한 것이 아니다. 아버지의 아버지, 아버지의 할아버지, 할아버지의 아버지, 그 아버지의 할아버지 — 또 — 대대로 거슬러 올라간다.

또는 이런 시구도 보인다.

무덤이라고 할 수밖에 없는 족보를 건네받는다
(…)
콩밭에 나비 접근하듯
할아버지 아버지 차례로 무릎을 안고
독방 구덩이로 빨려 들어간 참이다

또 하나의 시구,

처음 모닥불 부싯돌로 불살랐을
그 할아버지의 할아버지
할아버지의 할아버지의 할아버지
그 할머니의 할머니의 할머니 사이의

피흐름 살의 유전
뼈의 이음 넋의 내력

(위의 세 인용은 일반적 현상의 사례로 든 것이라, 글
쓴이의 이름과 출처는 명기하지 않는다.)

실상 이런 식의 기술은 한국문학에서 아주 흔하다. 그것
은 한국인이 역사를 가족사에 투영하거나 가문에 자신의
생을 의탁해 생각하는 게 관습화되어 있기 때문일 것이다.
이런 기술을 통해 한국인은 그 내용이 부정적인가 긍정적
인가에 무관하게, 자기 자신의 삶을 두텁게 하면서 운명화
하는 성향이 있다.

이런 성향은 일종의 한국인의 아비투스(habitus)를 이룬
다고 생각해도 될 정도다. 김지하는 거기에서 "민중의 마음
속에 눈물처럼 어리는 깊은 소망", "민중의 내면에서 생성
하는 소망"(『화두』, 화남 2003, 184면)을 보기도 했다.

이상(李箱)이 그런 성향에 대해서 노골적인 적대감을 표
출한 바가 있지만,

어쩌자고나는작고나의아버지의아버지의아버지
의……아버지가되니나는웨나의아버지를껑충뛰어넘어
야하는지나는웨드디어나와나의아버지와나의아버지의

아버지와나의아버지의아버지의아버지노릇을한꺼번에
하면서살아아하는것이냐

―「오감도. 시제2호」

(앞부분의 "작고"는 '자꾸'로 읽어야 한다)

이런 심사는 아주 예외적이다. 한국 심성사의 줄기에서
보면 이상의 이런 부르짖음은 일종의 간헐적 폭로로서 기
능한다. 결코 고쳐지지 않는 습성의 벽에 던져진 계란 한알
로서.

고형렬 시는 다른 방식을 취한다. 체질화된 생각 방식에
서 시인은 슬그머니 비켜선다. 그도 대물림된 삶의 연속에
대해 알고 있고, 그것을 지겨워하고 있다. 그러나 어딘가 다
르다.

그는 도리깨질에 열중하고 있었다
이렇게 백년이 흘러버린 어느 날

―「도리깨춤을 추면서」 부분

(이하 별도의 언급이 있을 때까지 동일)

아버지는 개별자 아버지이면서, 동시에 조상으로서의 아
버지들의 생애를 농축하고 있다. 독자는 여기에 고형렬식
분할 알고리즘이 작동함을 알 수가 있다. 다만 한가지 변화

가 있다면 분할하면서 통합한다. 아버지의 생애 안에 대물림된 생애가 내장된다. 방금 직전에 본 글들에서 본 대물림의 나열의 형식과 이것이 어떻게 다른가. 전자에서 작동하는 정서가 드러냄과 의탁(依託)이라면, 여기에서는 감춤과 '농축(濃縮)'이 중심이 된다. 아버지는 도리깨질에 '열중' 하고 있었다. 이 열중이 무엇인가? 그것은 대물림된 생애를 안에 내장하면서 그것을 '달인다'는 것을 가리킨다. 다시 말해 그걸 무언가 다른 것으로 변환하기 위해 노동을 가하고 있다. 노동의 생애 자체가 노동의 원료가 되고 있다는 것이다. 그래서, 앞의 인용 후반부를 다시 되풀이해 읽자면

　　잠시 허리를 편 아버지는 동백숲 먼 구름 피는 하늘을,
　　　무엇이 잡히고 생각나는 것이 있는지 주춤하는 것을
　　보았다
　　　무엇이 떠오르는 그의 마른 눈 속
　　　울고 싶어도 울 수는 없는 걸까, 이렇게 불안한 도리깨
　　질을 하면서도
　　　그에겐 또다른 무엇을 위해
　　　바쳐진 내면의 일생이 있는 것일까

　노동 중에도 그는 끊임없이 궁리하고 생각한다. 노동은 무작정 진행되지 않고 자주 끊기며 불안과 의식을 유발하

284

고 또 "또다른 무엇"을 위한 고안의 시간을 만든다. 아버지는 시방 "내면의 일생"이라는 새로운 인생을 만들고 있는 것이다.

그런데 아버지의 이 모습은 '나'에게 비친 것이다. 실제 아버지가 정말 어떻게 살아가는지를 확인할 수 있는 길은 없을까? '나'는 자신이 해석한 아버지의 일생과 자신의 '시 쓰기'를 같은 계열로 놓는다.

어려서부터 도리깨춤을 배워온 나도
같은 갈증 속에서 '시(詩)'라고 써왔지만,

아버지에 대한 의미부여는 '나'의 시인으로서의 삶을 정당화하는 듯하다. 그런데 곧 이어서, 화자는 아버지 자신의 말을 전한다.

아버지는 바람꽃과 흙구름과 멀리 마을 기슭에 움직이는 소녀들을 가리키며
승화(昇華)를 바라는 모든 것들은 전부가 외로운 것이라고
폭염 속에 쉰 목소리, 한땐 전할 수 없을 만큼 좌절했다
비척거리며 거칠어질까, 도리깨열에 묻어나는 열기를 맡으며

해거름진 마을에서 사방 천지로
돌아가고 싶었던 아버지와 나

아버지가 실제로 이렇게 말했을까? "승화를 바라는 모든
것들은"이라는 진술은 일상적인 어법이 아니다. 즉 이 아버
지의 말은 '나'에 의해서 해석되어서 재구성된 말이다.

왜 이런 해석이 필요했을까? 독자가 시구에서 확인할 수
있는 것은 아버지가 자신의 삶에 대해서 '좌절'했다는 사실
이다. 그것도 "한땐 전할 수 없을 만큼 좌절"했으니, 아버지
의 자신의 삶에 대한 한탄은 아주 빈번히 있었던 것임을 짐
작할 수 있다. 그러니까 아버지의 말의 원본은 앞에서 보았
던 대물림의 운명성에 대한 한탄에 가까웠을 것이다. '나'
의 재구성은 바로 이런 한탄에 대한 저항이다. 그러나 그렇
다고 해서 이 재구성이 자의적인 것이 아님을 화자는 설득
하려 한다. 아버지의 발화인 것처럼 드러낸 것이 그런 의도
의 결과이다. 그것이 그 자체로 정당화되는 것은 아니다. 그
러나 아버지에게도 그런 의지가, 즉 자발적 대물림을 벗어
나고자 하는 의지가 꿈틀거리고 있었다는 가정을 품고 그
것을 찾는 건, 바로 화자의 삶의 정당성을 찾는 행위이기도
하다. 지금까지 읽어온 대로 하자면 이 상관성은 '동반상
승' 작용이기 때문에 그때 아들의 대물림으로부터의 일탈
은 아버지의 삶에 포개짐으로써 아버지와 나가 함께 새로

286

운 삶의 지평으로 나아가는 일이 되기 때문이다. 즉 개인적
실존은 사회적 대의와 어긋남으로써 사회적 대의를 신장시
킨다. 그것이 고형렬 시의 실천적 특성이다. 그러니 화자는
다음 시구를 통해 그 점을 적시한다.

> 해거름진 마을에서 사방 천지로
> 돌아가고 싶었던 아버지와 나

그리고 이어서 아버지의 도리깨질에서 세상 전체를 바꾸고
자 하는 필사적인 의지를 읽어내려 애쓴다. 그래서

> 영혼 아픈 새소리 내쫓던 어떤 이의
> 도리깨춤으로 떠올리고

도리깨질을 '도리깨춤'으로 바꿔 생각하는 그 순간, 아버지
의 눈빛을

> 하늘 전부 휘감아 땅을 내려치던 그대 눈빛

으로 해석할 수 있게 된다. 즉 그것은 운명을 대물림하는
행위가 아니라 하늘을 통째로 갈아엎고자 하는 강한 의지
의 표현이라는 것이다. 그리고 이어서 아버지의 결정적인

실어(實語)를 화자는 꺼낸다.

　　금빛 낟알 주워오지 마라

　도리깨질로 얻은 알곡을 주워오지 마라고 하는 것이다.
이것은 아버지의 노동이 소작인 혹은 일꾼의 노동임을 전
제하라는 언질을 담고 있다. 이에 근거해 해석하면 "금빛
낟알[을] 주워오지 마라"는 정직성의 주문일 것이다. 즉 타
자를 위해 노동을 하더라도 그에게 구걸해서는 안 된다는
말이다. 이 정직성이 결정적인 단서가 된다. 왜냐하면 이는
아버지의, 정확히 말해 아버지들의 대물림된 고난의 삶에
서 고난의 조성자와 그것의 감당자를 또렷이 구별하는 행
위이기 때문이다. 바로 여기에 아버지의 행동이 운명의 수
락이 아니라 운명을 바꾸는 실마리가 될 수 있다는 근거가
있다. 그리고 그것은 아들의 일탈과 상호증진적으로 작용
할 수 있을 것이다.
　이어지는 아들의 항변,

　　그러면 아버지, 아들은 이 도리깨질 아니면 살아갈 수
　없다는 말입니까,

는 운명의 대물림에 대한 항의가 아니라 그런 척하면서, 도

리깨질이라는 행위 자체 안에 스스로 생장하는 변화의 동력을 확인하는 행위이자 독자에게 그것을 알아봐달라는 귀띔으로 읽는 게 타당하다고 생각한다. 그래서 이어서, 화자가

> 무엇도 할 수 없다.
> 벗이여 피곤해, 도리깨질을 추고 돌아오는 캄캄한 길에서
> 둑 밑 여울 소리 들으며
> 나는 아프지가 않은 양심(良心)을 맞고 있다.

라고 말할 때 이는 우선 벗(독자)에게 말문을 튼 다음, 곧바로 자신의 삶을 '도리깨질'이 아니라 '도리깨춤'으로 지칭하는 교묘한 트릭을 통해 자신이 아버지의 '양심'을 교훈으로 받아들이고 있으며("맞고 있다"), 그렇기 때문에 이것은 아프지가 않다,는 이야기를 전달하는 절차로 해석된다. 그 과정을 통해 아들은

> 내 손으로 도리깻열을 상속받고
> 어언간에 내가 도리깨질을 하고 있는 아버지가 되

는 일을 기꺼이 수락하게 되는 것이다.
　지금까지의 이야기가 고형렬 시 형식이 최초로 모양을

갖출 때 일어난 일이다. 즉 고난의 대물림이라는 이름의 삶의 형식의 계통발생을 자신 안에 내장하여 개체화하는 일은 개체와 계통의 두 변별적 삶의 실질을 한 공간에 모아 감응시키는 행위로서, 반복적 삶의 지속 안에 끝없는 변화의 논리식과 동력을 주입하는 작업으로 실행된다.

5. 마무리를 지으며

고형렬 시 생애 전체를 한권의 시선집으로 압축하면서, 필자는 그 모두를 풀이할 수는 없다는 점을 가장 먼저 깨달았다. 그걸 제대로 하고자 한다면 그건 어쩌면 시집 전부보다도 양이 훨씬 많은 책을 만들어야 하리라. 그 불가능성 앞에서 필자는 고형렬 시의 출발점에 주목했다. 그리고 탄생 이후 단기간에 급격하게 일어난 기초 형성(우주론에서 '인플레이션'이라고 부르는 것이다)을 통해서 고형렬 시의 주재론적 특성과 미적 형식을 그려보았다. 물론 고형렬 시는 이로부터 출발해 무한히 변이해나갔을 것이다. 그러나 그럼에도 불구하고, 이는 최초로 형성된 기본형으로 끊임없이 회귀하면서 새로운 진화를 도모해 나갔을 것이라는 게 필자의 입론이다(이는 "개체 발생은 계통발생을 되풀이한다"는 헥켈E. Haeckel의 이론에 필자가 전적으로 동의한다는 것을 가리킨다). 그 때문에 그의 출발점의 기본형을 해명하는 일은 훗날의 예측 불가능한 변화를 이해하기 위해 필수적이다. 독자가 이 점을 수긍할 수 있다면, 그는 이 글에 근거해 고형렬 시의 진화 과정에 대한 흥미로운 해석의 탐험을 나설 수 있을 것이며, 필자의 분석이 타당성을 갖고 있다면, 그의 탐험에는 '기꺼이'라는 부사가 첨가될 것이다(덧붙이자면, 필자는 시인의 제12시집『유리체를 통과하다』(실천문학사 2012)에 대한 서평「육체의 내부에 우주, 아득하여라: 초대칭성 병렬의 문체와 '나'의 주어성의 의미」(『시평』 2012년 가을호 및 졸저『1980년대의 북극꽃들아, 뿔고둥을 불어라』, 문학과지성사 2014에 수록)를 통해, 고형렬 시의 후기 양상을 분석한 바 있으니, 관심 있는 사람은 참조 바란다).

한국시사의 위치라는 점에서 본다면 고형렬의 시는 1980년대 왕성했던 '민중시' 곁에서 그와 동행하되 다른 방향으로 나아간 시라는 점을 앞에서 충분히 풀이했다. 만일 그의 시형이 민중시의 대종(大宗)으로 자리 잡을 수 있었더라면 민중시의 운명이 달라질 수 있지 않았을까?

물론 이런 역사적 가정은 불가능을 추정하는 일이다. 실제로 그렇게 될 수 없었으리라고 필자는 생각한다. 한국인의 일반 심성과 독서량과 정신적 높이를 계량해서 측정하면 다른 답이 나오지 않기 때문이다. 그러나 역사의 평행우주에 대한 가정은 과거에 대한 미련 때문에 하는 게 아니라, 미래의 변화를 위해 하는 것이다. 이런 추정이 한 사람만의 독자에게라도 자극을 줄 수 있다면, 게다가 그가 평소에 민중시에 정서적으로 친연성을 느끼고 있었다면, 그 자극은 '엣지 있는' 변화의 단초가 될 수도 있을 것이다. 그리고 민중시가 1990년대 이후 급격히 몰락한 사정과 2000년대 들어 중·고교 교과서를 통해서 제2의 생을 살고 있는 까닭도 간취할 수 있을 것이다. 그리고 그 미래의 향방에도 짐작이 갈 것이고, 그리고 결정적으로 미래의 시간줄기를 바꾸는 일에도 뛰어들 수 있을 것이다. 필자가 이 작업을 하는 내내 마음속에 꾸준히 따라온 소망이 그것이었다.

정과리 | 문학평론가, 연세대 국어국문학과 교수

나를 잃어버리고 돌아온
어느 시인의 문 앞에서

시단에 나와서 44년 동안 쉬지 않고 쓰고 발표해온 시가 고작 일천여편에 지나지 않는다. 선집을 생각하고 써온 것이 아님에도 결과적으로 이것을 향해 뛰어온 모양새가 되었다. 선집을 내는 느낌은 시와 삶에 죄지은 자가 선고를 기다리는 피고인의 심정이다. 형량이 얼마가 되든 간에 무엇이 시인가에 대해 한마디는 해야겠지만 시는 작고 어렵고 불편한 가시와 씨앗 같다.

나뭇가지를 스치는 어떤 안개 바람의 이미지 하나를 붙잡고 봄마다 먼 곳으로 떠났음에도 그 꿈의 언어는 멀어졌고 나는 시에서 실종되었다. 벌써 정신이 돌아오는 듯하던 어느 봄날, 시장 앞의 전신거울 속을 지나가는 한 남자와 스친 적이 있었고 이미 십여년 전에 죽은 어느 시인 같았으며 어떻게 사는지 통 알 수가 없는 옆집 남자 같기도 했다. 자신을 찾아가는 길이 자신을 잃는 길이었다.

시는 곁도는 삶보다 난해하고 때론 슬픈 액체로 채워진

다. 육체와 현실보다 있지도 않은 언어들의 지시 대상 너머의 가유(假有)를 믿고 저 스스로 조합될 때, 선명한 시간경험이 되곤 했지만 역시 정신머리가 흐려지고 길을 잃을 때 시는 기웃거리며 불행한 자를 방문하곤 했다. 그래서 일찍 망가졌으면 좋았으련만 망가지지도 않았다. 잔설이 밟히던 열여덟에 봄처럼 가출해서 시작된 그 시는 끝나지 못했고 이곳까지 유랑의 혼이 되었다. 그래서 앞에 오는 것이나 뒤에 간 것이나 절나를 잃어버리고 돌아온 어느 시인의 문 앞에서 절망과 희망으로 얼룩졌다.

　나도 선배들처럼 지상의 난해한 초저녁에 도착했다. 새로운 것은 없다. 어떻게 그 현재들이 그리도 빨리 지나갔을까. 다시 과거가 신비해진다. 항로표지등이 텅 빈 바닥을 훑고 가버린다. 시는 물빛을 물고 있는 비수처럼 비릿하고 저릿해서 나침반의 불안은 젊은 날이나 지금이나 다르지 않다. 마치 나는 그 누군가의 명령을 받고 움직이는 언어가 나의 낚시를 문 물고기처럼 느껴진다. 의식 상자를 열어보니 지루하고 복잡하고 어두운 길에서 일찍 죽지 않고 해안의 산 밑에 도착했다.

　부분과 전체가 맴놀이하고 공명하는 역동적 의미형성의 지향을 이루려는 시의 꿈을 따르지 못했다. 또 현실과 시간이 심장과 손가락의 섭동관계로 잇지 못했다. 어떤 소통은 되레 불통이 되고 반시대적 상상과 오랜 우울은 벽이 되었다. 만약에 그것이 있어야 길이 열린다면 나의 시는 그 사이로 빠져나가는 '물'이 아니고 나를 가로막은 '벽'이었다.

시는 그 어떤 실험과 도전, 숙고와 반성으로 쉽게 이루어지지 않았고 자기 모습을 보여주지도 않았다. 매우 잔인한 장르의 적이고 독(毒)이다. 사실 모든 시는 오해와 단절로 우리 앞에 서 있다. 여전히 시의 길은 멀고 대상은 벅차며 미래는 아득하다. '아니 아니야, 그래, 그래 맞아, 아니야'를 반복하고, '시는 아무 편도 들지 않는다' 하며 수정하던 밤들은 다 지나갔고 낯선 아침이 와 있다. 시와 시인이 잘 만난 모습을 본 적이 없지만 나 역시 그 시 쪽에서 보면 결핍과 장애가 있는 불구이다.

손을 뻗어 안아보지 못하는, 모든 소리가 소거된 어둠 속에서 별 하나가 다가와 내 눈높이에서 사라진다. 나는 그가 가버린 반대쪽 골목 밖을 내다본다. 시를 통해 견디던 현실은 꿈같았고 언어는 공허할 수밖에 없었지만 이 선집에 대한 기묘한 이반(離叛)의 감정을 느끼는 것을 어쩔 수 없는 일인 것 같다.

마른 풀을 씹으며 싫증을 느끼고 있는 한마리의 보이지 않는 청노(靑老)에게 눈을 맞춰준다. 내적 초월과 시적 편애의 곁을 주던 시들이 깨끗이 나를 잊고 떠나가주길 바란다. 별로 달갑지 않았던 매일의 아침 저쪽에서 그제야 부스스 눈뜨는 나는 비로소 저 북방의 한마리 풀종다리 새끼처럼 작아 보인다.

1972년 2월의 가출 때부터 내 안에서 풀처럼 시작된 시는 어느 언어의 나라를 지향하려는 작은 촛불 같은 불안으로 탈출해왔다. 먼 미래로 나와 있다면 변명이라도 해야 하는데 할 말이 없어졌다. 어디를 갔다가 왔는지 늦여름 산처럼 시의 번뇌가 아직도 깨어나지 못한 꿈으로 남았다. 노크를 해야 할 것 같은데 주인이 없을 것 같다.

우리는 서로 다른 세계의 사람들처럼 멀리 있는 것 같아도 같은 시대 속에서 각자 자기의 것을 찾으며 살아왔다. 길을 잃고 끝내 저쪽에 도착하지 못한 나의 시를 읽고 선해서 그 뒤에 해설을 붙여 선집을 묶어준 정과리 교수에게 감사한 마음을 전한다.

고형렬

고형렬(高炯烈)은 **1954년** 11월 8일 속초시 장사동 620번지에서 고남석(高南錫)과 이동녀(李東女)의 장남으로 출생했다. **1972년** 속초고등학교를 졸업하고 2월에 가출하여 제주도, 구례 등지에서 쇄석장 노동자, 화부, 불목하니로 떠돌아다니다. **1974년(20세)** 6월 부친의 작고로 속초에 돌아가 겨울부터 현내면(고성군 대진)에서 불안하고 우울한 지방공무원 생활을 시작하다. **1975년** '갈뫼' 동인에 참가했으며 **1979년(25세)** 「장자(莊子)」 등의 시를 『현대문학』에 발표하여 작품활동을 시작하다.

1981년 오성희(吳性熹)와 결혼하고 12월에 영등포구 신길5동에서 서울 생활을 시작하다. **1982년** 격월간 『분재수석』, 하서출판사 등에서 일했으며 이듬해 고운기, 안도현, 최영철 시인 등과 함께 '시힘' 동인을 결성하다. **1985년(31세)** 봄에 간행한 첫 시집 『대청봉(大靑峯) 수박밭』이 국가체제 전복 혐의로 정보기관에 사찰되어 치안본부 광화문 소재의 ××흥업주식회사 대공분실로 연행되다. 이 해 8월에 창작과비평사에 입사했으며 20년간 재직하고 2005년 봄에 퇴직하다. **1987년** 제2시집 『해청』을 출간하고 한국일보 김훈, 박내부 기자와 함께 동해안 민통선 지역으로 문학기행을 떠나다. 피폭자 김필례 노파를 가을 해인사에서 만나면서 「리틀보이」 집필을 시작하다.

1991년 1월 첫 출근 날 용강동 토정로 314번지 앞에서 간첩 혐의로 국가안전기획부(남산)로 연행되다. 그후 광산촌 여행을 중단하고 북천, 남대천, 오십천 등지로 연어를 찾아다니다. **1993년** 1월

부터 불안 증상으로 2년 동안 대반열반경을 읽다. 가을에 프랑크푸르트, 파리, 스위스, 로마, 런던 등을 여행하다. **1994년(40세)** 여름에 고양시 백석동 흰돌마을 서안아파트에 입주하다(오성희 34세, 고은이 13세, 고윤이 9세, 고중철 4세). **1998년** 장편 에세이 『은빛 물고기』를 출간하고 이듬해 1월에 한국일보 김훈, 오대근 기자와 함께 연어를 찾아 삼척의 산간 신기리(고인봉高仁鳳 옹, 92세)로 문학기행을 떠나다. 10월 고마에(狛江) 시를 방문하고 귀국하던 동해 상공 기내에서 아시아 시지를 구상하다. 일본『コールサック(COAL SACK)』35호부터 장시「리틀보이」(한성례·오무라 마스오 大村益夫 옮김)를 연재하다.

2000년(46세) 가을에 '아시아 시인들이 함께 만드는' 계간『시평(詩評)』을 창간하다. 수팅(舒婷), 응우옌 꽝 티에우(Nguyễn Quang Thiều), 사가와 아키(佐川亞紀), 게 아요르잔(G. Ayurzana) 등의 시인을 편집위원으로 위촉하고 900여편의 아시아 시를 소개했으며, 2013년 제53호로 종간하다. **2001년** 8월에 동시집『빵 들고 자는 언니』(창비)를 출간하고 그해 여름에 연변작가협회 초청으로 용정과 윤동주 생가를 방문하고 백두산에 오르다. **2002년** 11월 한국현대시의 명구를 찾은『시 속에 꽃이 피었네』(바다출판사)를 출간하다. **2004년** 봄 스무살 때의 약속을 지켜『장자직해(莊子直解)』를 텍스트로 '에세이 장자'의 집필을 시작하다. 9월, 중국의 수팅 시인을 초청하여 영동 송호수련원에서 아시아 시낭송회를 개최하다. 11월에 사할린의 광산촌 코르크 삭, 하바롭스크의 아무르강, 블라디보스토크를 여행하다.

2005년 혼다 히사시(本多寿)를 초청하여 안동 퇴계수련원에서 아시아 시 낭송회를 개최하다. 봄 학기부터 명지전문대 문예창작학과 겸임교수로 3년 동안 출강하다. 5월 시경(詩經) 에세이『아주 오래된 시와 사랑 이야기』(보림)를 출간하다. 6월『Korean Writers:

The Poets』(민음사)에 수록되다. **2006년** 8월에 장시 『리틀보이』 출간 기념으로 히로시마 현립 생애학습센터에서 문학강연을 하고 작품 배경인 구례 등지를 여행하며 이시카와 이츠코(石川逸子), 시바타 산키치(柴田三吉) 등을 만나다. 9월 점자시집 『밤 미시령』(한국점자도서관)을 출간하다. **2007년** 8월 25일 몽골의 을찌터그스(Ölziitögs Luvsandorj), 대만의 옌 아이린(顔艾琳) 시인을 초청하여 속초 근로자종합복지관에서 아시아 시 낭송 및 문학강연을 개최하다. **2008년** 1월 14일 베이징 쿵이지(孔乙己)에서 린망(林莽) 시인과 회동하고 뉴한(牛漢), 정민(鄭敏) 등의 시인을 만난 뒤 북쪽의 고마령(古馬嶺)을 넘어 단둥과 지안, 퉁화를 거쳐 창춘으로 여행하다. 4월 25일, 서울에서 양평군 지평으로 이사하고 이곳에서 7년 동안 난해한 꿈을 꾸다. 7월, 중국 베이징의 격주간 『詩刊』 549호에 작품을 발표하고 11월 중순 영문 문예지 『NEW WRITING FROM KOREA』 창간호(한국문학번역원)에 작품을 발표하다. 11월부터 1년간 『유심』에 인간이 등장하지 않는 장시 「붕(鵬) 새」를 연재하다. 10월 22일 '한러문학의 밤' 행사에 참여하고 안톤 체홉, 보리스 파스테르나크의 집필실을 둘러보다. **2009년 (55세)** 도쿄에서 일본어판 시집 『아시아 시행: 오늘 아침은, 블라디보스토크에서(アジア詩行: 今朝は,ウラジオストクで)』(コールサック社, 이미자 옮김, 한국어판 미출간) 출판기념회에 참석하고 동양대학 606호에서 문학강연을 마친 뒤, 윤동주의 모교인 릿쿄(立敎)대학 도서관에 시집을 헌정하다.

2010년 12월 '아시아시인들'(The Poet Society of Asia) 주최로 뉴욕의 아세안협력기금을 받아 앤솔러지 『BECOMING』을 발간하고, 리다 K. 리암시(Rida K. Riamsi), 싹씨리 미쏨수엡(Saksiri Meesomsueb), 마슬리 N. O.(Marsli N.O.) 등의 아세안 8개국 시인을 초청하여 한·아세안시인문학축전(Korea-ASEAN Poets

Literature Festival)을 서울과 속초 등에서 개최하고, 이듬해 뻐칸 바루와 씨악의 제2차 대회에 참가하다. 2011년 5월 포카라, 룸비니, 치트완 등을 여행하고 11월 3일 제85주년 '점자의 날'에 경북점자도서관으로부터 시각장애인들이 편집한 점자 시집 『나는 에르덴조 사원에 없다』를 기증받다. 11월 9일 유리체 망막 파열 (열공 및 박리)로 네차례 레이저 마킹을 하다. **2012년** 8월 11일 일본판 일영(日英) 시선집 『Farewell to Nuclear, ──Welcome to Renewable Energy ── A Collection of Poems by 218 Poets, 脱原爆/自然エネルギ ── 218人詩選集』에 작품을 게재하다. **2013년** 4월 17일 양평군 어린이도서관에서 북콘서트 '지구, 한 컵의 물'을 개최하다. 4월 26일 미얀마 양곤 교외 밍글라동의 한 빌리지 (Laydawnkan)에 지하수 우물펌프를 기증하다. 8월 『AZALEA』 (Korea Institute, Harvard University) 6호에 작품을 발표하고 시집 『유리체를 통과하다』 전편을 대산문화재단 번역 지원으로 『コールサック』 74호부터 전재하다(권택명 옮김, 사가와 아키佐川亞紀 감수). 8월 20일 울산에서 제8회 '시로 만나는 생태, 평화 시인 축제'를 개최하다. **2014년** 3월 오성희와 함께 대만을 여행하다. 4월 25일 사진 자전 에세이 『등대와 뿔』(도서출판B)을 출간하다. 9월 19일 일본현대시인회 초청으로 도쿄를 방문하여 「아시아 시단의 아포리아를 넘어」를 강연하다. 4월 9일~6월 말 문학의 집, 서울 남산시학당에서 「불놀이」 「여우난 곬족」 등 15여 편의 '시 읽기'를 특강하다. 9월 19일 『ガラス体を通過する(유리체를 통과하다)』(コールサック社 권택명 옮김)를 출간하다.

2015년 나희덕, 진은영, 시바타 산키치, 린망 시인 등 한중일 15인 시인과 함께 국제시동인 '몬순(MONSOON)'을 결성하고 『몬순』 창간호를 서울 도쿄 베이징에서 동시 출간하다. 9월 30일 한국문학번역원 계간 『리스트』 29호에 작품을 발표하다.

12월 한국작가회의에서 탈퇴하다. **2016년**『臺灣現代詩』43호와 『The TWENTIETH COLORS CENTURY of KOREA DWAN POETRY』(Univ Of Hawaii Press)에 작품을 발표하다. 10월 22일, 양평읍 오빈리에 집을 짓고 입주하다. 10월 25일 미국에서 『Grasshoper' eyes(여치의 눈)』(Parlor Press, 안선재·이형진 옮김)를 출간하다. 12월,『현대시학』편집인·주간을 맡다(2019년 겨울에 퇴임). **2017년** 4월 영국의 『Modern Poetry in Translation』2017년 3호에 작품을 발표하다. 10월 장녀 고은이와 함께 키르기스스탄을 여행하다. 11월 9일 일과성 뇌허혈 및 관련 증후군의 의식불명 현상으로 입원하다. **2019년(65세)** 3월 베트남작가협회 출판부에서 『Thác mặt trời』(태양의 폭포)(nguyễn thị thúy vân 옮김)를 출간하다. 동월에 키르기스스탄 작가동맹기관지『Ala Tlloo』에 작품을 발표하다. 6월, 15년 동안 집필한『고형렬 에세이 장자(莊子)』(전7권, 에세이스트사)을 출간하고 한겨레(7월 9일), 경향신문(7월 16일) 등에 인터뷰하다. 천상병시상심사위원장에 선임되다. 같은 달 오성희, 고은이와 함께 다낭 북쪽의 몽키 베이를 여행하다.

2020년 12월 14일 급성스트레스 반응과 혼합형 불안 및 우울장애 진단을 받다. **2021년** 연초부터 눈 속에서 거위 울음소리 등 잡음이 들리기 시작하다. 3월 집을 나와서 혼자의 생활을 시작하다. 『시와 함께』봄호에「미륵장군봉 동쪽 대승폭포 앞에서」를 발표하고 작품 발표를 중지하다. **2022년** 7월 23일 광저우 바오전탕(寶珍堂)에서 진여(眞如)가 전시(전시 책임: 린 장취안林江泉, 학술 주관: 고형렬)되고『書刊』(ART MONTHLY, Nanjing, Jiangsu) 7월호에 장시「붕(鵬) 새」(선 성저沈胜哲 옮김) 소개되다. 8월 '보이지 않는 벽: 문화 간 이해를 위한 출입구로서의 시'(Invisible Walls: Poetry as a Doorway to Intercultural Understandin)를 주제로 호주의 피터 보일(Peter Boyle) 시인과 다섯차례의 문학 대담을 하다. 8월 17일

모친 이동녀 영서(永逝)하다. 여름부터 낭송가 김성천 씨가 고형
렬 시인의 시를 낭독 녹음하여 '소리시집' 음원을 모으기 시작하
다. 10월부터 쿠바의 호세 코저(José Koser) 호주의 M. T. C. 크로
닌(M. T. C. Cronin), 피터 보일, 일본의 고이케 마사요(小池昌代)
시인 등과 함께 'Trilingual Renshi' 기획에 참여하고 있다.

| 작품 출전 |

제1부

『대청봉(大靑峯) 수박밭』(청사 1985)
노을 / 장자(莊子) / 1980년대에 살았는가 / 벽돌공장 / 백두산 안 간다 / 도리깨춤을 추면서 / 서울 1 / 대청봉(大靑峯) 수박밭 / 아 프레 걸

『해청』(창작과비평사 1987)
어머니 친구들 / 속초 / 처용이 동해 / 해청(海靑) / 야동리 어린 모 / 거진 생각 / 마포 노을 보며

『해가 떠올라 풀이슬을 두드리고』(청하 1988)
경험 / 십자드라이버 / 다도해 / 금호동 백야(白夜) / 79년도 / 벌 판에 와서 / 난지도 겨울

『서울은 안녕한가』(삼진기획 1990)
차의 칼날

제2부

『사진리 대설』(창작과비평사 1993)
사진리 대설(大雪) / 우수 / 산딸기 / 안 보이는 시 / 모자(母子) /
아이

『포옹』(제3문학사 1993) *공저
황지1동을

『바닷가의 한 아이에게』(씨와눌 1994)
바람의 신선 / 달맞이꽃 / 화곡리 봄에 / 강원도 백로밤 / 북(北)설
악 / 미역줄거리 / 사진리 / 옛 여자

『마당식사가 그립다』(고려원 1995)
눈망울 / 김상철 죽음 / 미시령 아래 집 / 마당식사 / 목비행기 /
정릉4동 세월 / 용포동 여름

제3부

『리틀보이』(넥서스 1995, 개정판 최측의농간 2018)
제1장

『성에꽃 눈부처』(창작과비평사 1998)
여치 / 산비둘기 / 영랑(永郎) 호수 / 내린천에 띄우는 편지 / 성에
꽃 눈부처 / 바쁨 속에 가을 하늘을 쳐다보다

『김포 운호가든집에서』(창작과비평사 2001)
정자가 사람이 될 수 있는가 / 어둠속의 풍악호 / 중 / 광양제철소

『밤 미시령』(창비 2006)
작은 칼 / 청제비 울음소리 / 하류(下流)의 시 / 나옹 / 다시 비선대
/ 4월 / 흰 모래의 잠

『얼마나 분명한 작은 존재들인가』(시평사 2007) *아시아11인 합동시집
도문(圖們)의 쥐

『나는 에르덴조 사원에 없다』(창비 2010)
꽃이 올라오는 나이테 / 달개비들의 여름 청각 / 육체의 시뮬레이
션 / 가재 / 나방과 먼지의 시 / 나는 에르덴조 사원에 없다 / 너와
나의 밑바닥의 밑에서 / 조금 비켜주시지 않겠습니까 / 검은 백설
악에 다가서다

제4부

『붕(鵬)새』(시평사 2010)
서분(序分) / 태허에 들다

『유리체를 통과하다』(실천문학사 2012)
별 / 지구, 한 컵의 물 / 눈 오는 산수병풍 / 또 한번의 밑바닥의 밑
바닥에서 / 한켤레 구두
손의 존재 / 유리체를 통과하다 / 비가 그치다 / 평면의 지옥

『지구를 이승이라 불러줄까』(문학동네 2013)

알아들을 수 없는 울음소리가 / 풍찬노숙 / 세한목(歲寒木) / 대기권 밖에서 고구마 먹기 / 강설이 시작되는 유리창 속에 / 구름 얼음을 깨는 남(南) 시인

제5부

『아무도 찾아오지 않는 거울이다』(창비 2015)

풀과 아파트 / 해니(骸泥)여 어디 있는가 / 찾아오지 않는 거울이다 / 황무지 모래톱 / 덩굴손 잔잎 좀 보세요 / 장미처럼 발화하는 것 같다 / 로봇 사이버나이프 다빈치의 고백

『몬순』(문예중앙 2015) *한중일 동인 앤솔러지 창간호

지구의 노숙자, 하늘 시인

『몬순 vol.2』(삼인 2018) *한중일 동인 앤솔러지 2호

소켓과 기억

『태양의 폭포』(베트남작가협회 출판부 2019)

해가 지는 고형렬 땅콩밭 / 눈물의 종(種)이라는 것

『오래된 것들을 생각할 때에는』(창비 2020)

사북(舍北)에 나갔다 오다 / 북천은 너무 오래되었기 때문에 / 비선대와 냉면 먹고 가는 산문시 1 / 외설악 / 스티코푸스과의 해삼 / 서울 사는 K시인에게 / 둥그런 사과 / 그 여자 기억상실 속에서 / 아직도 생각하는 사람에 대한 착각

| 엮은이 소개 |

정과리

1958년 대전에서 태어나 서울대 불어불문학과와 동대학원을 졸업하고, 1979년 동아일보 신춘문예로 등단했다. 저서『문학, 존재의 변증법』『존재의 변증법 2』『스밈과 짜임』『문명의 배꼽』『무덤 속의 마젤란』『문학이라는 것의 욕망』『문신공방 하나』『네안데르탈인의 귀환』『네안데르탈인의 귀향』『글숨의 광합성』『1980년대의 북극꽃들아, 뿔고둥을 불어라』『뫼비우스 분면을 떠도는 한국문학을 위한 안내서』『'한국적 서정'이라는 환(幻)을 좇아서』『한국 근대시의 묘상연구』등이 있다. 소천비평문학상, 팔봉비평문학상, 대산문학상, 김환태평론문학상 등을 수상했다. 연세대 국어국문학과 교수로 재직 중이다.

고형렬 시선집

바람이 와서 몸이 되다

초판 1쇄 발행 / 2023년 3월 3일

지은이 / 고형렬
엮은이 / 정과리
펴낸이 / 강일우
책임편집 / 이진혁
조판 / 박아경 황숙화
펴낸곳 / (주)창비
등록 / 1986년 8월 5일 제85호
주소 / 10881 경기도 파주시 회동길 184
전화 / 031-955-3333
팩시밀리 / 영업 031-955-3399 편집 031-955-3400
홈페이지 / www.changbi.com
전자우편 / lit@changbi.com

ⓒ 고형렬 2023
ISBN 978-89-364-2735-1 03810